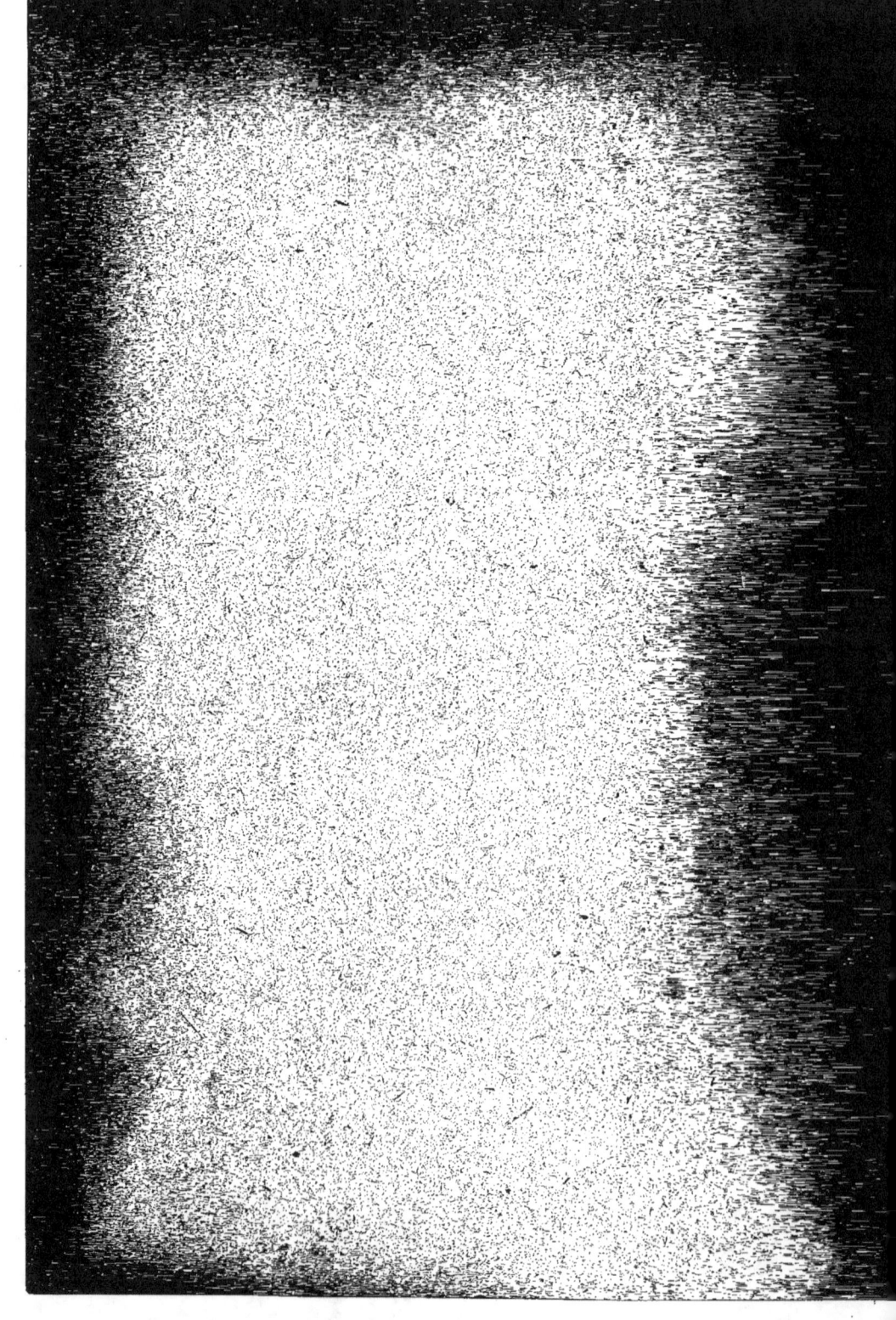

DESSINS PAR R. J. GEOFFROY

VOYAGE

AU

PAYS DES DÉFAUTS

PAR

M. BERTIN

PETITE BIBLIOTHÈQUE BLANCHE

ÉDUCATION ET RÉCRÉATION

J. HETZEL ET Cᵉ, 18, RUE JACOB

PARIS

VOYAGE

AU

PAYS DES DÉFAUTS

COLLECTION HETZEL

VOYAGE

AU

PAYS DES DÉFAUTS

PAR

M. BERTIN

ILLUSTRATIONS PAR G. ROUX

PETITE BIBLIOTHÈQUE BLANCHE

ÉDUCATION ET RÉCRÉATION

J. HETZEL ET Cie, 18, RUE JACOB

PARIS

VOYAGE
AU PAYS DES DÉFAUTS

I

DEUX LETTRES POUR SIX VOISINS

C'était jeudi, et il pleuvait à torrents !

Aussi quel désespoir dans la grande maison Duverger !

Il faut vous dire que cette grande maison se compose d'un entresol et de deux étages, le tout habité par plusieurs membres de la même famille.

L'entresol est à tante Laure en particulier, et un peu à toute la famille en général.

Tante Laure est une aimable vieille personne, sœur de M. Duverger, le propriétaire de la grande maison. Comme elle est adorée de tous, la plus grande joie et la meilleure récompense des enfants du premier et du second étage est d'aller dîner chez tante Laure.

Tante Laure est la sœur de charité quand il y a un malade, la confidente de toutes les joies, la consolation dans toutes les douleurs; elle est l'avocat de toutes les causes désespérées, mais, en même temps, elle est le juge clairvoyant de tous les petits méfaits qui se commettent au premier et au second étage!

Le personnel de tante Laure se compose de la seule Marianne, qui représente douze ans de services, de dévouement à sa maîtresse et d'affection pour la jeune population des deux étages, laquelle ne ménage guère pourtant sa patience.

Ce personnel, peu nombreux, suffit à tante Laure; et personne au monde, c'est reconnu, ne sucrant les crèmes comme Marianne, ne faisant les galettes comme Marianne, ne retournant les crêpes comme Marianne, elle suffit aussi aux voisins de tante Laure; si elle venait à manquer par malheur, chacun sait qu'il serait impossible de remplacer Marianne! Le propriétaire de la grande maison, M. Duverger, habite le premier étage; il a trois enfants : deux filles, Mlles Suzanne et Claire, et un fils, le jeune André, qui, sous la pluie, manque complètement de philosophie.

Enfin, au second étage habite une autre sœur de M. Duverger, Mme Besnier; elle a deux fils, Pierre et

Marc, et une seule fille, Madeleine. Vous jugez combien la grande maison est agréable à habiter dans ces
conditions-là ; les enfants se voient tous les jours,
jouent ensemble, se promènent ensemble... quand il
ne pleut pas ! Et ils sont toujours gais et joyeux...
quand il ne pleut pas, le jeudi surtout.

Aujourd'hui ils ne rient pas !

C'est insupportable cette pluie torrentielle qui
s'acharne à tomber depuis le matin, et justement le
jeudi, le jour où l'on est libre de bonne heure, où l'on
n'a pas de leçon, et où l'on pourrait faire une longue
promenade.

Aussi n'aurait-on trouvé nulle part des mines plus
allongées que celles qui se montraient aux fenêtres
du premier étage, si ce n'est celles qu'on voyait au
second.

Le premier étage était le moins bruyant dans ses
plaintes, la majorité étant aux demoiselles ; pourtant
on y murmurait beaucoup.

Suzanne, qui pleurait facilement, tirait son mouchoir
de sa poche chaque fois qu'elle s'approchait de la fenêtre.

« Je crois que la pluie redouble exprès quand je
viens la regarder, disait-elle d'un ton larmoyant.

— Et on dirait que tu veux lui tenir tête avec tes
larmes, remarqua aussitôt Claire, qui se sentait disposée
à taquiner quelqu'un ; le baromètre baisse encore depuis
que tu pleures comme cela !

— Il est certain, remarqua alors André, qui regardait aussi les gouttes d'eau s'écraser contre les vitres,
que cela n'avance à rien de pleurer ; mais Suzanne se

croit sauvée quand elle a pris son mouchoir; elle est presque aussi ennuyeuse que la pluie!

— Tu n'es pas amusant non plus quand tu nous dis des choses malhonnêtes, riposta Claire, toute prête maintenant à défendre sa sœur contre les attaques un peu rudes d'André.

— Il ne nous manque plus que de nous disputer! dit plaintivement Suzanne en tombant sur une chaise. Quel jeudi! Je voudrais dormir jusqu'à ce soir pour ne plus m'ennuyer! »

Au second étage les nerfs étaient à peu près dans le même état; les choses avaient même été plus loin encore! Il y avait eu une échauffourée. Pierre avait voulu ouvrir la fenêtre pour examiner le ciel; il soutenait que le temps allait s'éclaircir. Marc avait prétendu le contraire; un dialogue trop animé s'était établi et avait fini par une bataille.

La petite Madeleine se montra la seule personne sensée des deux étages; elle essaya de calmer ses frères, et, prenant sa poupée, elle s'établit dans un coin.

« Vous feriez mieux d'inventer un jeu tranquille que de vous disputer, dit-elle; allez chercher André, et, si Claire et Suzanne veulent venir aussi, nous jouerons tous ensemble. »

Elle avait raison; mais personne ne voulut suivre un si bon conseil. Marc était boudeur, il gardait rancune à son frère d'un certain coup qui avait failli, disait-il, lui démettre l'épaule! Il resta tristement appuyé à la fenêtre sans qu'on pût tirer de lui une parole. Enfin Pierre descendit au premier étage; mais il remonta

presque aussitôt; sa proposition n'avait eu aucun succès. Suzanne pleurait toujours, André était furieux et
Claire regardait pleurer Suzanne.

« Ils ne veulent pas monter, dit Pierre lorsqu'il vint
rendre compte de sa mission à sa sœur; ils disent qu'ils
s'ennuient trop pour inventer un jeu! »

Cette réponse fit hausser les épaules à la philosophe
petite Madeleine; elle garda pourtant son opinion pour
elle et se contenta de murmurer :

« Ennuyez-vous, si vous le préférez! »

Ne leur viendrait-il pas un secours?

Ils ne voulaient pas s'aider, et pourtant le ciel les
aida.

Pendant que tout cela se passait en haut, Marianne,
sans s'arrêter à regarder la pluie, allait et venait acti-
vement dans sa cuisine, battait des œufs, versait du
lait dans une grande casserole, sucrait le tout, se faisant à elle seule des questions et des réponses :

« Ai-je mis assez de sucre?

— Je ne crois pas! Ils l'aiment très sucrée.

— Quel temps!

— Ces pauvres petits! A quoi vont-ils passer leur
jeudi? »

A cet endroit de son monologue, Marianne s'interrompit; elle venait d'entendre la sonnette de « made-
moiselle. »

Elle se présenta à la porte du petit salon, où made-
moiselle l'attendait.

Tante Laure tenait à la main deux grandes enve-
loppes marquées à son chiffre, et qui avaient un air
cérémonieux dont Marianne fut frappée.

A sa grande surprise, les deux lettres étaient adressées, l'une à Mlle Suzanne Duverger, l'autre à Mlle Madeleine Besnier.

« Pouvez-vous les monter dans ce moment? » demanda tante Laure.

Marianne alla sonner au premier étage d'abord, et ensuite au second étage.

Partout l'effet fut le même, lorsqu'on reconnut l'écriture de tante Laure. Ordinairement, quand tante Laure faisait une invitation dans la maison, c'était moins solennel.

Qu'était-ce donc?

A chaque étage, trois têtes se penchaient curieusement sur la grande enveloppe.

La curiosité redoubla quand Suzanne au premier, et Madeleine au second, ouvrirent leurs lettres. Les premiers mots disaient : « Prière de faire part de cette lettre aux frères et sœurs. »

Les deux étaient pareilles; elles furent lues tout haut.

« Mes chers enfants, disait tante Laure, je sais que
« vous vous ennuyez.

« Si vous n'avez pas organisé encore votre journée,
« je vous invite à venir la passer avec moi, puisque
« vous ne pouvez pas vous promener.

« J'ai une proposition à vous faire. Vous ne serez
« pas forcés de l'accepter; nous voterons, et ceux qui
« diront *non* seront libres de se retirer.

« Répondez-moi seulement si vous acceptez mon
« invitation. »

A CHAQUE ÉTAGE, TROIS TÊTES SE PENCHAIENT CURIEUSEMENT.

II

OUI OU NON

Cette lettre surprit tant les enfants qu'ils oublièrent la pluie et leur mauvaise humeur ; ils coururent la montrer aux mamans, qui donnèrent immédiatement la permission de descendre chez tante Laure, et la réponse arriva à celle-ci sous forme d'avalanche ; les voisins se trouvèrent en même temps à l'entresol.

Dès les premiers pas qu'il fit dans le vestibule, Pierre, qui était assez gourmand, reconnut un parfum qui le flatta agréablement.

« Oh ! la bonne odeur de caramel ! dit-il, elle me ferait accepter toutes les propositions de tante Laure ; d'avance, je vote *oui*. »

La porte de tante Laure était déjà ouverte ; elle les embrassa tous, ce qui demanda du temps, puis les fit asseoir sur une rangée de chaises qu'elle avait préparées pour eux. Elle s'installa elle-même dans son grand fauteuil, près d'une petite table. C'était la place de tante Laure ; personne n'aurait songé, quand on venait la voir, à s'éloigner de ce coin-là. Tante Laure était toujours près de sa table, et c'était une table pleine de ressources.

Si on avait un mot à écrire, tout était prêt sur la petite table.

Il manquait un ruban à une poupée? On le trouvait dans un tiroir de la petite table.

Voulait-on jouer aux cartes? Il y en avait dans le même tiroir.

Il y avait des livres et des journaux pour les grandes personnes, des albums et des images pour les enfants.

Le bruit courait dans la famille que tante Laure avait acheté cette fameuse table à un prestidigitateur qui se retirait de la scène.

Tante Laure s'était donc installée dans son fauteuil, et sur la table il y avait douze bulletins de vote.

Six disaient *oui*, six disaient *non*.

« Vous avez bien compris ma lettre, n'est-ce pas? dit tante Laure. Êtes-vous curieux de connaître ma proposition? »

Et, comme elle vit bien qu'ils grillaient de la savoir, elle continua :

« J'ai à vous offrir de faire avec moi un grand voyage. Un voyage où nous n'aurons à craindre ni la pluie, votre ennemie d'aujourd'hui, ni les accidents, ni aucun des désagréments qui peuvent résulter de certains grands voyages. Je serai moi-même votre guide.

« Je dois vous prévenir que ce ne sera pas un voyage amusant; retenez bien cela avant de voter.

« Ce que je vous propose s'appellera un *Voyage au Pays des Défauts.* »

Tante Laure s'arrêta pour juger de l'effet produit par son discours; elle vit partout les signes d'une surprise profonde, et, sur certaines figures, une légère grimace d'hésitation.

« Vous pouvez faire vos objections, si vous en avez, reprit tante Laure ; je vous écoute.

— Sera-t-il long, ce voyage ? demanda Marc.

— Cela dépendra de vous. Je ne veux pas vous ennuyer ; vous serez libres de m'interrompre quand vous voudrez.

— Est-ce loin ? demanda Claire à son tour.

— Crois-tu, dit tante Laure en souriant, qu'il soit nécessaire d'aller bien loin pour trouver ce pays-là ? Ce n'est pas loin, rassure-toi ; nous visiterons seulement deux étages d'une maison que vous connaissez tous. »

Il y eut une gamme de « ah ! » et six bouches ouvertes par la stupéfaction.

« Oh ! tante Laure, je devine, s'écria la petite Madeleine, qui était la plus jeune de la bande, tu nous gronderas tous les jeudis ! »

Il y eut un rire général.

« Non, petite Madeleine, je ne gronderai jamais ; ce sera une des conditions du voyage.

« Je vous ferai seulement, dans ce pays-là, l'histoire de chaque défaut que nous découvrirons ensemble ; nous en causerons, voilà tout. Je vous dirai comment ils viennent, le mal qu'ils font, là où ils s'établissent, et comment on les chasse quand on le veut.

— Aurons-nous souvent de la crème au caramel, dans ce pays-là ? demanda effrontément le gourmand Pierre.

— Quelquefois, dit la tante, qui ne put s'empêcher de rire, et nous visiterons avec toi, ces jours là, le pays de la gourmandise. »

Les enfants se regardaient. Ce voyage, malgré son

vilain titre, ne serait peut-être pas aussi terrible, après tout, qu'on aurait pu le croire d'abord ; jamais grondés, de la crème quelquefois, bien des voyageurs se seraient contentés de ce régime.

« Cependant, reprit encore la tante, avant d'accepter, il faut apprendre toutes les conditions du voyage. Quoique je connaisse beaucoup de choses, je ne sais pas *tout* ce qui se passe aux deux étages.

« C'est vous qui me l'apprendrez ; vous aurez un petit livre qui s'appellera le « livre des punitions. »

« Chacun me promettra SUR L'HONNEUR d'inscrire dans ce livre toutes les punitions qu'il se sera attirées ; on m'apportera les livres aux séances, et tous ensemble, non comme des critiques malveillants, mais comme de bons amis qui s'entr'aident, nous ferons le procès de ces vilains défauts, et nous tâcherons de les chasser complètement des deux étages.

« Nous choisirons pour nos séances les journées de pluie comme celle-ci.

« De plus, je vous le répète, nous nous arrêterons quand vous voudrez ; vous aurez liberté complète.

— Et tu ne te moqueras jamais de nos livres de punitions ? dit Claire.

— Jamais ! Ce sera pour moi un dépôt sacré.

— Et... vraiment... dit André, malgré les punitions, tu ne gronderas jamais ?

— Jamais !...

— Alors, votons ! » s'écria bravement Pierre.

Tante Laure distribua à chacun deux bulletins : un *oui* et un *non*.

« Ne vous consultez pas, dit-elle, réfléchissez bien ;

II

TANTE LAURE LES LAISSA TOUS PÉNÉTRÉS DE L'IMPORTANCE
DE CE QU'ILS ALLAIENT FAIRE.

puis vous mettrez, selon votre décision, un *oui* ou un *non* dans cette corbeille.

« Je vous quitte ; dans un quart d'heure, nous compterons les votes. »

Là-dessus tante Laure sortit, les laissant très pénétrés de l'importance de ce qu'ils allaient faire.

III

LE VOTE

La pluie avait redoublé, personne ne le voyait; tante Laure avait su conjurer l'ennui, et tous les enfants étaient trop occupés de la proposition singulière qu'elle venait de leur faire pour regretter quelque chose.

« Tante a dit que ce ne serait pas amusant! fit André avec une petite moue, et d'abord, moi je n'aime pas beaucoup « les séances; » il faut rester tranquille et écouter tout le temps.

— Tu aimes mieux sans doute regarder l'eau tomber et nous dire des choses désagréables, riposta Claire d'un ton aigre qu'elle prenait trop souvent.

— Taisez-vous! cria Marc, laissez-nous réfléchir! »

On réfléchit en effet pendant cinq minutes; puis, Marc, le premier, solennel et plein de mystère, alla glisser dans la corbeille un bulletin qu'il avait soigneusement roulé.

Quant au second, il l'avait déchiré en mille petits morceaux.

Immédiatement les cinq autres furent roulés et mis dans la corbeille, et les cinq bulletins inutiles furent déchirés. Tout cela, discrètement et dans le plus grand silence.

Alors on respira! et on attendit impatiemment le retour de tante Laure.

Au bout de quelques minutes elle se montra.

« C'est prêt, tante Laure, tu peux venir! » Et tous entourèrent la table curieusement.

Tante Laure tira un premier papier, l'ouvrit et lut tout haut : Oui! Un second : Oui! encore! et jusqu'au sixième tante Laure ne trouva que des oui.

Elle se leva gravement : « A l'unanimité, dit-elle, le *voyage au pays des défauts* est décidé! Et je remercie les votants de la confiance qu'ils viennent de me témoigner! »

Tante Laure, ayant embrassé tous ses votants, leur promit tendrement qu'ils n'auraient rien à regretter de se fier à son amitié.

Les enfants assurèrent à leur tour qu'ils accepteraient tout d'elle « comme de leur maman » et qu'ils n'auraient jamais honte de lui montrer leurs punitions, puisque, d'ailleurs, elle connaissait d'avance leurs caractères et leurs défauts!

André lui-même, entraîné par l'émotion générale, se déclara prêt à faire ce long voyage, tout entier, chaque fois qu'il pleuvrait!

Ainsi fut signé par des baisers ce grand pacte entré tante Laure et ses voisins.

Bientôt, sur un signe d'elle, on reprit ses places.

Alors elle ouvrit l'inépuisable tiroir de sa table, et en sortit six petits calepins de cuir, très élégants et munis d'un crayon; elle les montra à la ronde; chacun choisit le sien et écrivit sur la première page « Livre des punitions. » Le nom de chaque propriétaire y fut inscrit, et les enfants s'engagèrent encore « sur l'honneur » à ne pas cacher

2

une seule punition pendant toute la durée du voyage.

« Maintenant, dit tante Laure, quand tout le monde fut un peu calme, je vous engage, à moins que Pierre n'y mette opposition, à venir goûter la crème au caramel qui fait partie du programme ! »

Pierre bondit sur sa chaise, mit son calepin dans sa poche, et, arrondissant son bras, vint gracieusement l'offrir à tante Laure. Elle l'accepta en riant, et, les enfants se rangeant deux par deux à leur suite, on passa dans la salle à manger.

Ce cérémonial inusité étonna Marion ; mais elle ne fit aucune réflexion. C'était la deuxième fois, depuis le matin, qu'on l'étonnait ! Elle en prit son parti, se disant « qu'il y avait quelque chose dans l'air et que ce n'était pas un jour comme un autre ! »

Chacun ayant déclaré sa crème excellente, elle se retira satisfaite ; les enfants étant heureux, elle ne demandait pas autre chose.

Pendant le goûter, il ne fut question que du grand projet ; les enfants étaient si impatients de commencer ce fameux voyage qu'ils supplièrent tante Laure de leur donner, le jour même, une première séance.

« Je ne sais pas vos punitions de la semaine, dit-elle ; mais, si vous le voulez, je puis parler des défauts en général.

« D'abord, qu'est-ce qu'une qualité et qu'est-ce qu'un défaut ?

« Ce sont des habitudes bonnes ou mauvaises ! On peut facilement, avec un peu de bonne volonté et de courage, acquérir les unes et éviter les autres.

— Pourtant, ma tante, objecta Pierre, nous avons

tous des caractères différents : l'un est disposé tout
naturellement à la paresse, tandis qu'un autre aime le
travail; les uns sont gourmands... tout naturellement
aussi, continua-t-il en riant franchement; d'autres
aussi sont disposés à la moquerie ou à la colère. Nous
naissons comme cela!

« Enfin, conclut Pierre, qui commençait à s'em-
brouiller, c'est dans notre nature, je crois bien! »

Tante Laure riait :

« Bravo, l'orateur! fit-elle gaiement, mais c'est finir
un peu court. Nous naissons en effet avec certaines
dispositions plus ou moins bonnes et mauvaises; c'est
par l'éducation que ces bonnes dispositions deviennent
des qualités, et c'est par elle seulement que nous cor-
rigeons les autres, pour éviter les défauts, ces vilains
ennemis à qui nous déclarons la guerre.

« A vous six, continua tante Laure avec son bon
sourire, vous représentez un certain nombre de défauts! Pourtant vous n'êtes pas des monstres! Vous
êtes seulement des enfants encore très imparfaits et
vous avez de mauvaises habitudes; il faut les perdre
et les remplacer par des qualités.

— Ce n'est pas facile! soupira Suzanne.

— Et quel mérite aurait-on si c'était trop facile?

« Certes, il faut se donner un peu de peine pour y
arriver; mais, comme, en perdant un défaut, on gagne
du même coup une qualité, le résultat vaut bien la
peine qu'on se donne. Seulement il faut *vouloir*, et
malheureusement les enfants ne savent pas vouloir.

— Pourtant, ma tante, interrompit André, je me
dis bien souvent en me levant : Aujourd'hui je veux

être sage ! Je commence bien ; mais voilà, il arrive toujours quelque chose qui m'empêche de me tenir parole ; quelquefois c'est une leçon trop difficile qui m'ennuie ; un autre jour, j'ai une dispute avec un camarade ; je suis puni, et du coup ma journée est perdue !

— Parce que tu ne sais pas vouloir, insista tante Laure ; si tu avais la *ferme volonté,* tu apprendrais courageusement cette leçon ennuyeuse, et tu ne gâterais pas toute ta journée par cette première faiblesse.

« Tu résisterais à un mouvement de paresse ; cette victoire-là te préparerait à en remporter d'autres, et tu arriverais au bout de cette bonne journée que tu avais projetée.

« N'est-ce pas humiliant de céder toujours au premier choc ?

« C'est une petite lâcheté, et, après beaucoup de ces petites lâchetés, on arrive aux grandes, parce qu'on n'a pas appris à être ferme contre soi-même, contre ces mauvaises dispositions naturelles dont nous venons de parler ; on se laisse dominer par elles, et l'on est entraîné à commettre de vilaines fautes que l'on déplore ensuite. »

L'auditoire était devenu très sérieux ; on étouffait quelques soupirs ; tante Laure se leva en riant :

« Oh ! les paresseux ouvriers qui reculent devant l'ouvrage, les mauvais soldats qui fuient devant l'ennemi ! Avez-vous peur déjà ?

— Non, tante Laure, s'écria Pierre avec son entrain ordinaire, je serai ton porte-drapeau, moi ; j'irai jusqu'au bout ; que les braves me suivent ! »

Il était debout sur sa chaise, gesticulant, agitant

PUIS ILS REVINRENT TRIOMPHANTS.

son mouchoir au-dessus de sa tête. La séance était
levée.

« Moi, fit André, moins belliqueux, j'ai les jambes
engourdies, et je voudrais bien courir.

— Allons courir, cria Pierre.

— Mais il pleut encore! firent observer les sœurs.

— N'importe, s'écria André, je descends au jardin! »

Il venait d'apercevoir Marianne se rendant au potager à l'abri d'un grand parapluie et chaussée de
sabots. Il la rappela : « J'irai pour toi là-bas, prête-moi
ton parapluie et tes sabots.

— Mais, monsieur André...

— Ne sois pas entêtée! continua-t-il avec le plus
grand sérieux, dis-moi ce que tu veux, je te l'ap-
porterai.

— Je veux une salade! fit machinalement la pauvre
Marianne.

— C'est bien! » Et André partit en courant sous
son parapluie.

Derrière lui, Pierre arriva bientôt, chaussé des
caoutchoucs de tante Laure et brandissant un second
parapluie. Ils firent ensemble un temps de galop
autour du potager.

A la fenêtre de tante Laure, on leur faisait signe
de rentrer, et Marianne, riant malgré elle de leur
tournure, répétait tout haut :

« Les petits fous! Ils seront trempés! »

André ayant cueilli une salade, Pierre voulut en
cueillir une aussi, puis ils revinrent triomphants.

« Maintenant, je vais très bien, dit André posément,
je pourrai rester assis une petite heure, s'il le faut! »

IV

LES PETITS ENNEMIS

Une semaine s'était écoulée. On était au jeudi, et, le temps étant superbe, une question s'agitait dans la grande maison : Irait-on chez tante Laure? Les livres de punitions étaient dans toutes les mains; on avait eu, en les prenant, certains airs mystérieux qui donnaient à penser que la séance ne serait indifférente à personne!

Mais, s'ils le redoutaient un peu, les enfants étaient en même temps si curieux de savoir comment les choses se passeraient, qu'après un long conciliabule, on décida d'envoyer une députation à tante Laure.

Les deux plus jeunes, Marc et Madeleine, descendirent à l'entresol, avec mission de demander à tante Laure si elle voulait leur donner une heure avant ou après la promenade.

Les parlementaires revinrent bientôt; tante Laure pouvait les recevoir tout de suite et les attendait.

Dix minutes après, les six enfants étaient rangés autour de la table de tante Laure. Les cœurs battaient tandis qu'elle examinait les livres.

Le dernier était celui de Claire; tante Laure le garda un instant ouvert dans sa main et, tournant les yeux vers son auditoire :

« Dois-je lire tout haut la punition inscrite sur ce livre? demanda-t-elle.

— Oui, tante, dit Claire en rougissant un peu ; tous la connaissent.

— D'ailleurs, reprit la tante, n'oubliez pas nos conventions. Nul n'a droit de critique, ici ; vous avez tous vos faiblesses, vous les connaissez d'avance ; si nous les mettons ainsi en lumière, c'est pour vous en guérir. A l'œuvre donc, et courageusement !

« Ne pouvant parler de tous à la fois, je choisirai, chaque semaine, la faute la plus grave, celle qui aura mérité la punition la plus sévère.

« C'est ma pauvre Claire qui commence ! »

Et tante Laure lut tout haut :

« Dimanche, j'étais de très mauvaise humeur ; j'ai fait une vilaine scène et j'ai été privée de la matinée d'enfants chez Mme Mesnard. »

— Avant tout, dit tante Laure en fermant le livre, je veux rendre justice à la sincérité de Claire ; elle s'accuse franchement et reconnaît ses torts de bonne foi.

« On dit : péché avoué est à moitié pardonné ; je dirais presque : défaut avoué est à moitié corrigé !

« Personne n'aime beaucoup à reconnaître ses torts ; on se trouve toujours une foule d'excuses. C'est un très mauvais système.

« Si l'on veut sincèrement se corriger, il faut apprendre à connaître ses défauts et à s'avouer courageusement ses fautes. Vous avez su le faire aujourd'hui, et Claire a eu du mérite entre tous, car elle avait une grosse punition à enregistrer.

« Nous visiterons donc aujourd'hui un pays bien

vaste et malheureusement trop fréquenté; nous entrons dans le domaine des mauvais caractères.

« Il est inutile, je pense, de vous expliquer ce qu'on entend par un mauvais caractère; c'est une très vilaine composition d'une quantité de défauts.

« Si l'on n'y veille soigneusement, ces défauts sont les maîtres, agissent à leur guise et exercent une foule de ravages sur ce pauvre caractère qui ne sait pas leur résister!

« Il y en a tant de ces invisibles petits ennemis!

« C'est l'impatience qui se dresse entre vous et une tâche un peu difficile ou ennuyeuse, vous portant à déchirer, à briser ce que vous avez sous la main; c'est la taquinerie, l'aigreur, la susceptibilité, qui troublent si souvent la bonne harmonie entre vous.

« Vous vous aimez bien, et pourtant que de paroles aigres, que de petites brouilles, si vous vous laissez entraîner par la mauvaise humeur.

« La mauvaise humeur! Un vilain mot et une vilaine chose! Être maussade, « faire des scènes » à propos de tout, à la plus petite contrariété, au moindre contretemps, se rendre ainsi désagréable à tous, s'ennuyer et ennuyer les autres! Et maintenant comment changer tous ces défauts en qualités et transformer un mauvais caractère en un caractère aimable?

— Je crois que c'est impossible, soupira Claire, j'ai déjà essayé!

— Peut-être as-tu mal essayé, mon enfant; ton système était sans doute mauvais, nous pouvons en chercher un autre!

— Commençons par l'impatience, ma tante, s'écria

C'EST L'IMPATIENCE QUI SE DRESSE ENTRE VOUS ET UNE TACHE
UN PEU DIFFICILE OU ENNUYEUSE.

Pierre, c'est le premier ennemi que tu nous as signalé ; pour mon compte je ne serais pas fâché d'apprendre ton système !

— Il sera merveilleux, s'il fait de toi un garçon calme et patient, fit tante Laure qui riait ; mais je ne veux pas en désespérer !

« D'abord, pourriez-vous me dire les avantages de l'impatience ?

— Oh ! oui, tante, s'écria André, c'est un vrai soulagement de se fâcher contre une chose qui s'entête contre vous et vous agace !

— Oh ! André ! dit Suzanne scandalisée.

— C'est-à-dire, reprit tante Laure, que, l'ennemi étant là, prêt à entrer dans la place, vous le faites entrer complaisamment ; il est alors le maître, et vous lui obéissez en esclave ! Vous avez capitulé comme un lâche au lieu de lui tenir tête et de lui dire : « Je serai le plus fort ! » A quoi bon s'impatienter ?

« Contre les gens, cela amène des querelles et fait entrer en ligne toute la réserve des petits ennemis que j'ai énumérés tout à l'heure.

« Contre les choses, c'est absolument ridicule, quoi qu'en pense André.

« Qu'importe à cette chaise que vous la renversiez dans votre emportement ?

« Qu'importe à ce nœud que vous le coupiez au lieu de le dénouer ?

« En êtes-vous plus avancés ?

« Si les choses avaient un petit raisonnement à elles, elles riraient bien quelquefois.

« André croit à la malice des choses ; cette prétendue malice des choses n'est qu'un effet de la malice des gens.

« Un bouton saute... Il était mal cousu! C'est un effet de votre désordre; ou bien vous avez tiré trop brusquement. C'est un effet de votre impatience! Ne vous agitez pas, faites tout avec soin, et les choses ne s'insurgeront jamais. Quand vous vous sentirez prêts à perdre patience, défiez l'ennemi, et soyez décidés, quoi qu'il arrive, à ne pas vous emporter.

« Un beau jour, vous vous trouverez non seulement guéris d'un défaut, mais ornés d'une qualité nouvelle, la patience!

— Eh bien, dit Pierre, j'essayerai! La prochaine fois que j'aurai une leçon difficile, au lieu d'envoyer mon livre à travers la chambre, je me ferai un petit discours; je me répéterai : « Allons, Pierre, sois calme, l'ennemi te guette, ne capitule pas! »

— Tu y gagneras trois choses, dit tante Laure en riant, tu sauras mieux ta leçon, tu ne déchireras pas ton livre et tu auras vaincu ta grande ennemie : la colère.

« Maintenant, reprit la tante sérieusement, parlons de la mauvaise humeur.

« C'est un vilain pays que celui où elle règne! le pays des gens grognons, désagréables et tristes.

« Dans ce pays-là, on voit tout en noir; avec de toutes petites contrariétés on se fait des montagnes de gros chagrins; on y pleure, on y boude, on se querelle avec tous ses voisins.

— Quel vilain pays! s'écria Madeleine; j'espère bien ne jamais l'habiter.

— Oh! petite Madeleine, dit Claire, tu ne le connais pas, ce pays-là; tu es toujours de bonne humeur et gentille pour tout le monde. Je voudrais bien être comme toi!

— Tu reconnais donc, ma chérie, que le plus grand charme d'une jeune fille, c'est sa douceur et sa bonne grâce envers ceux qui l'entourent? Être bonnes, douces et patientes, voilà votre rôle dans la famille.

« Tu n'y penses pas assez, sans doute!

— Mais si, tante, dit naïvement la petite fille, malheureusement j'oublie d'y penser quand je suis de mauvaise humeur!

— C'est fâcheux, dit tante Laure qui ne put s'empêcher de rire, car c'est justement alors qu'il faudrait t'en souvenir!

« Apprends donc, ma chère enfant, à lutter contre cette disposition maussade de ton caractère; c'est un vilain travers; il faut le combattre sans cesse. »

Claire avait des larmes dans les yeux.

« Je ne le peux pas toujours, je t'assure, tante; c'est plus fort que moi.

— Oh! la sotte phrase, s'écria tante Laure : « C'est plus fort que moi! C'est trop difficile! »

« Comme c'est commode à dire! Cela dispense presque d'essayer!

« C'est avec ces phrases-là qu'on arrive à être comme vous de bons petits enfants... remplis de défauts!

« Encore un système à changer! Le mien ne varie pas; c'est toujours *vouloir*, vouloir énergiquement, essayer avec courage!

« Dans ce monde les choses ne vont pas toujours

comme nous le voudrions ; il faut donc savoir prendre son parti d'une foule de petites misères ; et surtout nous ne devons pas faire peser notre ennui sur les autres.

« Si vous avez à supporter en commun une contra-riété, pourquoi l'aggraver par des lamentations inu-tiles ? pourquoi, par vos plaintes et vos larmes, redoubler l'ennui général ?

— Il y a pourtant des choses pénibles ou ennuyeuses qu'on ne peut accepter gaiement, dit Suzanne.

— C'est vrai, mais on peut au moins les accepter courageusement et avec résignation.

« La pluie de l'autre jour t'a fait répandre bien des larmes. Pleurer était inutile et ne remédiait à rien. Au contraire ! Vous étiez prêts à vous disputer tous, parce que vous vous laissiez aller à votre mauvaise humeur.

« Supporter une averse, surtout quand on est à l'abri, n'est pas au-dessus des forces humaines et n'exige pas une force d'âme extraordinaire ; qui de vous cependant a su le faire ?

— Madeleine ! s'écria Pierre ; elle n'a pas pleuré, elle en a pris son parti très vite et nous a conseillé de jouer au lieu de nous battre !

— Madeleine a décidément un bon caractère, remar-qua André avec admiration.

— Aussi fait-elle aujourd'hui un voyage d'agrément, dit tante Laure en riant ; elle ne recueille sur sa route que des éloges.

— Nous lui élèverons un arc de triomphe à la fin du voyage, cria Pierre.

— Qui sait ? reprit la tante, nous trouverons peut-être le défaut du pays qu'elle habite !

— Oh! oui, tante, dit Madeleine qui riait, je suis sûre que tu le connais déjà! »

Avant que tante Laure pût répondre, la porte s'ouvrit, et Marianne annonça qu'on demandait les enfants pour la promenade.

André était déjà debout! Il embrassa sa tante, et chacun suivit son exemple.

« A jeudi! dirent-ils; si tu veux, tante Laure, nous voyagerons aussi par le beau temps! »

V

UNE DÉFAITE

Le jeudi suivant, les parents ayant été invités chez des amis, tous les enfants déjeunaient ensemble au premier étage.

Suzanne faisait les honneurs de la table; elle était l'aînée et elle avait pris l'engagement de veiller sur ses invités.

Pierre et André « étaient en froid, » disait Marc tout bas.

Que s'était-il passé?

Ces demoiselles l'ignoraient; mais les rapports étaient visiblement tendus entre les deux cousins.

« Pourquoi vous regardez-vous comme deux chats en colère? dit bravement Suzanne vers la fin du déjeuner. Vous êtes-vous battus?

— Non, marmotta Pierre entre ses dents, mais cela arrivera peut-être. »

Pierre avait sa figure des mauvais jours; Suzanne le remarqua.

« A quoi jouerons-nous? dit-elle, espérant conjurer l'orage qu'elle redoutait.

— Je ne jouerai pas avec Pierre, répondit André.

— Pourquoi?

— J'ai mes raisons.

— Tu peux bien les dire, tes raisons! » tonna Pierre.

L'orage éclatait. La timide Madeleine commença à trembler.

« Eh bien! dit André, je ne veux pas jouer avec Pierre, parce qu'il est impossible de s'entendre avec lui. Il veut toujours avoir raison, il prétend être le maître partout; je ne le supporterai pas! »

Et André prit un air de défi.

Pierre était devenu très rouge.

« J'avais raison, ce matin!

— Non, tu avais tort!

— Expliquez-vous, au moins! » s'écria Suzanne.

Marc avait été témoin de la querelle; il prit la parole.

« Ils avaient engagé une partie de billes; Pierre perdait et, dans son exaspération, discutait tous les coups de son adversaire. André défendait son droit; enfin, sur une remarque trop vive de Pierre, il abandonna la partie et empocha ses billes, déclarant qu'il ne jouerait plus avec Pierre.

— Et qui avait raison? demanda Madeleine.

— C'est André! » dit Marc.

Pierre se leva brusquement :

« Je te défends de te mêler de mes affaires, cria-t-il à son frère.

— Tu es furieux, parce qu'il te donne tort, dit André.

— Tais-toi! s'écria Pierre hors de lui, ou je ne réponds plus de moi!

— Oh! oh! fit André d'un ton de persiflage, « Que Votre Majesté ne se mette point en colère! »

Emporté par un mouvement de fureur, Pierre saisit son verre et le lança à travers la table, dans la direction d'André. Celui-ci baissa vivement la tête, et le verre alla se briser sur le parquet.

Pierre était pâle comme un mort. Madeleine avait poussé un cri; les autres semblaient pétrifiés.

Au même moment, tante Laure entrait.

Madeleine courut se jeter dans ses bras; elle avait eu une telle peur qu'elle tremblait et sanglotait sans pouvoir parler.

« Que se passe-t-il? » dit tante Laure.

Personne ne répondit.

Tante Laure s'était assise et berçait Madeleine sur ses genoux.

« Pierre, ajouta-t-elle en le regardant, dis-moi ce qui s'est passé? »

— J'ai eu une dispute avec André! »

Ses lèvres tremblèrent, le rouge montait à ses joues; tante Laure le vit tout prêt à perdre de nouveau son calme.

« Prends garde! dit-elle. Peux-tu répondre de toi maintenant? Parleras-tu tranquillement et sans t'emporter? »

Pierre fit signe que non.

« Parle, André! » dit tante Laure.

Pierre s'était calmé subitement; il baissa la tête, et tout bas :

« Oh! tante, dit-il, je me suis mis en colère encore une fois.

— Pourquoi? »

André raconta ce qui s'était passé. Deux fois Pierre leva vivement la tête pour l'interrompre; tante Laure lui posa la main sur l'épaule.

V

PIERRE SAISIT SON VERRE ET LE LANÇA A TRAVERS LA TABLE.

« Calme-toi d'abord, » dit-elle.

Pierre fit un grand effort; il se tut.

« Es-tu sûr, André, d'être sans reproche? » demanda tante Laure quand tout fut dit. »

André rougit.

« Était-ce généreux d'exciter Pierre comme tu l'as fait? Tu connais la violence de son caractère, tu sais qu'il voudrait s'en corriger. Ne devais-tu pas le lui rappeler au moment où il allait perdre tout empire sur lui-même, et essayer de le calmer?

« Pierre avait d'abord tous les torts; il a été mauvais joueur. Mais ne pouvais-tu soutenir tes droits sans te montrer agressif? Tu t'es rendu presque aussi coupable que lui, et tu es responsable de cet acte de violence auquel tes reproches et tes moqueries l'ont poussé! »

Pierre s'était agenouillé près de tante Laure; il embrassait et rassurait sa petite sœur, se reprochant de l'avoir ainsi effrayée.

Il en voulait un peu à André; mais c'était une honnête nature, il ne put l'entendre accuser seul, quand il se sentait lui-même si coupable.

Il se leva.

« Ne gronde pas André, tante, dit-il, c'est moi qui ai commencé la querelle. Si j'ai été mauvais joueur, André avait le droit de se fâcher; puisque j'ai été ridicule, il pouvait bien se moquer de moi, et je ne devais pas, « quoi qu'il arrive, » me mettre en colère. »

Tante Laure fut touchée de son empressement à s'accuser lui-même, maintenant, pour défendre André.

« Bien, mon enfant, dit-elle; malheureusement, tu

le reconnais trop tard, comme toujours, et tu n'as pas
su te tenir parole.

« As-tu donc oublié ce petit discours qui devait te
mettre en garde contre la colère?

« Allons, Pierre, sois calme; l'ennemi te guette, ne
capitule pas! »

Pierre baissa la tête; il se sentait humilié de cette
défaite. Il s'était tant promis de veiller sur lui!

« Tante, j'ai peur de ne savoir jamais me corriger;
quand la colère me monte dans la tête, je ne sais plus
ce que je fais.

— Il faut l'empêcher d'y monter, alors, dit la tante
en souriant. Écoute l'histoire de ta colère; tu verras
comment on perd une bataille, en n'opposant pas à
l'ennemi, dès le commencement, des forces égales aux
siennes.

« Tu jouais avec André; il gagnait. Alors la jalousie
a fait une petite pointe; tu n'as pas su la repousser.

« Le champ lui étant ouvert, elle a commencé l'attaque; tu as cherché chicane à André, jusqu'à ce que
enfin, ennuyé, il ait renoncé au jeu.

« La jalousie avait remporté un premier avantage,
les petits ennemis commençaient à se réjouir.

« Puis on a fait ton procès devant toi. Marc était un
témoin désintéressé, il a donné raison à André; tu
devais alors reconnaître tes torts, t'excuser; la querelle
était finie, la bataille gagnée.

« Tu ne l'as pas fait.

« L'orgueil venait appuyer son alliée.

« Enfin, le terrain étant bien préparé et la victoire
certaine, la colère s'ébranle à son tour, renverse tout

devant elle, entre dans la place et... mon porte-drapeau a bel et bien capitulé. »

Pierre secoua la tête avec un sourire :

« Que pouvais-je faire contre tant d'ennemis ?

— Que voulais-tu qu'il fît contre trois ? » déclama
André.

Et il compta sur trois doigts :

« Jalousie, orgueil, colère.

— En repoussant le premier, tu les rabattais tous !
Tu devais réprimer bien vite ce mouvement de mauvaise humeur et de jalousie ; tu aurais ainsi évité la
querelle, et tu ne serais pas arrivé, de défaite en défaite,
à cet accès de colère dont tu es honteux maintenant.

— J'aurai ma revanche, tante Laure, s'écria Pierre ;
je comprends ton système. J'essayerai de me calmer
avant d'être en colère, ajouta-t-il en riant.

— C'est parfait ! Ne donne pas à l'ennemi le temps
de s'avancer.

« Maintenant, embrassez-moi et allez jouer ! »

Tante Laure se leva. Madeleine était remise de son
émotion ; elle obligea ce méchant Pierre à embrasser
André. Il y consentit de bonne grâce, et l'on mit enfin
à profit ce jour de congé, qui avait eu une si triste
matinée.

VI

LE ROYAUME DE MARC

La faute en est-elle à sa pendule? Ne ressemble-t-elle pas à toutes les pendules?

Ce pauvre Marc n'a jamais le temps de rien faire comme les autres! On trouverait presque de quoi composer une journée supplémentaire pour un autre avec les quarts d'heure qu'il perd de sept heures du matin matin à huit heures du soir.

Aussi paraît-il toujours très affairé; on dirait, à l'entendre, le garçon le plus actif et le plus occupé de la terre. A tout ce qu'on peut lui dire, il répond :

« Je n'ai pas le temps! »

Quand Pierre l'appelle à l'heure de la leçon, il part, laissant tout en désordre derrière lui.

« Range tout cela, dit Madeleine; tes joujoux vont être cassés ou perdus.

— Je n'ai pas le temps, répond Marc, Pierre m'attend. »

Et il part en courant.

Il récite une leçon, il en a oublié la moitié; son professeur le gronde.

« Monsieur, je n'ai pas eu le temps de la relire.

— Avez-vous retrouvé votre cahier perdu? dit le professeur.

— Non, monsieur, je n'ai pas eu le temps de le chercher ; je le chercherai ce soir. »

Bien souvent il est forcé de se priver d'une petite promenade ou d'une récréation ; ses devoirs ne sont jamais faits exactement à l'heure où ils devraient l'être. Si on veut l'emmener, il est obligé alors de répéter son refrain :

« Je n'ai pas le temps ; mes devoirs ne sont pas prêts. »

Qu'est-il arrivé aujourd'hui ?

Marc vient de rentrer, il a les yeux rouges ; avec un gros soupir, il ouvre le livre des punitions et y inscrit :

« Une retenue de récréation pour leçons mal sues et devoirs inachevés. »

C'est demain la séance, il sera sur la sellette.

La séance est ouverte !

Il y a des visages joyeux et des airs piteux ; tante Laure reconnaît du premier coup d'œil ceux dont le livre n'a rien à révéler et ceux dont la conscience n'est pas nette.

« Passez-moi les livres, » dit-elle doucement.

Elle fait une inspection rapide des trois premiers et les rend avec un sourire de satisfaction aux trois petites filles.

Ces demoiselles ont été des anges de vertu, cette semaine... les pages sont blanches.

Tante Laure continue ; le dernier livre est celui de Marc.

« Encore ! Mon pauvre Marc, comment se fait-il que tu ne sois jamais prêt pour ta leçon ?

.— Je n'en sais rien, ma tante ; je n'ai pas le temps

de faire tant de devoirs, et pourtant je me dépêche toujours.

— Ah ! dit tante Laure d'un air incrédule. Eh bien ! je crois, moi, savoir pourquoi.

« C'est que, dans le royaume de la musarderie, tu serais le roi des musards ! Voilà un pays où les choses vont de travers. C'est la patrie des gens inexacts, des devoirs mal remplis, des objets perdus. Fénelon a dit : « On ne perd pas seulement son temps en ne faisant rien, mais encore en faisant autre chose que ce que l'on devrait, quoique ce que l'on fait soit bon. » Ce qui veut dire : « L'emploi du temps doit être réglé ; c'est le seul moyen de n'en pas perdre. »

« Il est à remarquer que les gens les plus occupés sont ceux qui savent trouver le plus de temps pour tout ce qu'ils ont à faire. Savez-vous pourquoi ?

« C'est qu'ayant justement beaucoup à faire, ils ont été forcés d'apprendre à tirer parti de chaque minute de la journée.

« Voilà tout le secret !

« Tu n'as pas, je suppose, plus d'occupations que les autres ; tu as comme eux des heures fixées pour le travail et pour le jeu ; pourtant, à chaque instant, tu peux, sans exagération, répondre : « Je n'ai pas le temps, » parce que tu remplis mal ces heures.

« L'horloge ne fait grâce à personne ; elle marque et sonne ses heures, l'une après l'autre, sans s'inquiéter des retardataires. Si tu as regardé voler les mouches en faisant un devoir, le devoir sera mal fait ou inachevé ; mais, bien ou mal remplie, l'heure a passé, et, si mon musard gagne une punition, j'en serai bien aise.

« Le désordre est l'allié, le vassal fidèle de la musarderie; ils vont de compagnie à travers ton royaume.

« Où trouver un instant pour ranger ses livres et ses cahiers, quand on n'a pas même « le temps » d'achever ses devoirs? On s'entend appeler, on se sauve; les livres restent en désordre sur les meubles; les cahiers disparaissent comme s'ils avaient des ailes, et, par la suite, c'est encore une occasion pour mon musard de perdre beaucoup de temps à les rassembler.

« Eh bien, Marc, sois franc. Combien de fois es-tu venu réclamer tes cahiers jusque chez moi, ne pouvant les trouver nulle part? »

Le pauvre roi des musards baissa la tête.

« Souvent, je l'avoue, soupira-t-il.

— Et le matin! continua tante Laure, quand l'ennemi a remporté sa première victoire, quand on a reculé autant que possible le moment de se lever, c'est alors que, grâce à son alliée, le désordre s'établit en maître et seigneur chez le vaincu comme sur un terrain conquis.

« Oh! qu'il est tard! » Vite, vite, on se lève; on renverse une partie de son pot à eau tout autour de la cuvette. N'importe! On « n'a pas le temps » de s'arrêter à ce détail; l'inondation fait son chemin suivant son caprice.

« Vite, vite, on s'habille!

« Bon, ma chaussette est à l'envers, tant pis! »

« Où est ma brosse? Qui me l'a prise? c'est insupportable! »

« Non, la voilà sous ma serviette! »

« Ma raie est de travers, mais je n'ai pas le temps de la refaire!

« Et vite on se brosse dans tous les sens, et on est un peu plus ébouriffé qu'avant.

« La toilette continue... les cordons se cassent, les boutons s'arrachent, emportant l'étoffe, les tiroirs restent ouverts, les pantoufles se promènent toutes seules dans tous les coins. »

Les enfants rient... Cette scène dépeinte par tante Laure, ils voyaient Marc la renouveler plusieurs fois par semaine. Marc lui-même dut s'y reconnaître, et il en fut un peu confus.

« Oh! tante! s'écria-t-il d'un ton de reproche.

— Est-ce donc vrai? dit tante Laure sans s'émouvoir; est-ce bien ainsi que tout se passe dans ton royaume? »

Marc ne put s'empêcher de sourire :

« C'est vrai! mais, tante Laure, c'est terrible que tu saches si bien tout!

— C'est très heureux, au contraire! Tes ennemis, à toi, sont la musarderie et le désordre; je te mets en garde contre eux; apprends à te défendre.

« Avec ces deux défauts, malgré toute la peine que se donne ta mère (sans compter la dépense que tu doubles), ta mise n'est jamais soignée; tout ce qui t'appartient est malpropre, déchiré et vite usé, faute d'un peu de soin.

« Et puis, ce qui est encore plus grave, en perdant ainsi ton temps, tu ne peux profiter des leçons qu'on te donne.

— Et tu perds tout ainsi, s'écria André, comme le lièvre perd la mémoire en courant, car tu passes ta vie à courir après le temps que tu perds, sans jamais le rattraper.

ON EST UN PEU PLUS ÉBOURIFFÉ QU'AVANT.

— Tais-toi, André, dit Claire, il est défendu de se moquer des coupables !

— Je ne me moque pas de Marc, s'écria André sérieusement ; comme tante Laure, « je le mets en garde. »

— Merci... dit Marc en riant. Mais, tante, continuat-il, il y a certainement un « système ». Donne-le moi.

— C'est bien simple : il faut régler tes journées, ne jamais te permettre, « sous aucun prétexte, » de changer l'emploi de tes heures, et faire soigneusement tout ce que tu fais au moment où tu dois le faire.

— Quel changement radical ! s'écria l'incorrigible André. Mon pauvre Marc, je voudrais te voir à l'œuvre.

— Tu m'y verras, dit Marc résolument, et dès demain. »

VII

CONFESSION PUBLIQUE

La petite Madeleine était si rouge que tante Laure, feuilletant rapidement tous les carnets sans s'y arrêter, ouvrit le sien avec une certaine curiosité.

« Oh! dit-elle, avec un geste de surprise, qu'est-il donc arrivé à ma pauvre Madeleine? »

Tout le monde regarda Madeleine, et elle regarda tout le monde d'un air de détresse.

« Voyons, reprit tante Laure, il faut entamer ton procès!

— Mardi, j'ai été privée de dessert et j'ai eu une bosse au front! »

Tous éclatèrent de rire.

« C'est tout? fit tante Laure, qui, seule, gardait son sérieux, mais tu ne dis pas pourquoi!

— C'est parce que je n'ai pas su raconter l'histoire; j'ai essayé, et Pierre s'est moqué de moi. Il a dit qu'il y avait trente fois le mot *porte* dans le brouillon, alors je n'ai pas osé le recopier sur mon carnet; j'aime mieux te le dire, s'il le faut!

— Il le faut certainement, dit tante Laure.

— Écoutez l'acte d'accusation! s'écria Pierre, je parie qu'il aura encore cent portes comme la ville de Thèbes!

— Silence! dit tante Laure, n'intimide pas ta sœur! Du courage, Madeleine, et commence. »

Tante Laure l'avait prise sur ses genoux, et, de cette façon, l'accusée tournait presque le dos à l'assistance; elle regarda tante Laure, et, rencontrant son bon regard indulgent, elle commença avec courage :

« J'ai été privée de dessert parce que maman m'avait mise à la porte pour dire quelque chose à papa, et j'aurais bien voulu savoir ce qu'ils disaient et pourquoi on m'avait mise à la porte, et j'ai écouté derrière la porte!... »

Ici l'accusée s'arrêta.

« Oh! Madeleine!... fit tante Laure d'un air fâché.

— Tout d'un coup, papa a ouvert la porte pour s'en aller; je ne m'y attendais pas; il m'a trouvée là et j'ai eu bien honte! Et j'ai eu aussi une bosse au front que la porte m'a faite; ça m'a fait mal et j'ai crié! Alors papa a regardé d'abord mon front, et, quand il a vu que c'était une toute petite bosse, il m'a dit : « C'est bien « fait, une petite fille qui écoute aux portes mérite bien « cela; » et puis maman m'a privée de dessert. »

C'était un long discours et bien humiliant! La pauvre Madeleine s'arrêta.

« Elle ne dit pas, ajouta Marc, qu'elle a beaucoup pleuré de repentir! Elle a demandé pardon à maman et elle a promis de ne jamais recommencer!

— Elle tiendra sa promesse, je l'espère, dit tante Laure; tu aurais de bien vilains défauts, ma petite Madeleine, si tu gardais cette mauvaise habitude!...

— En voiture, les voyageurs! s'écria André; dans quel pays nous conduit Madeleine?

— Dans un pays détestable, dit tante Laure : le pays des curieux, des indiscrets et par suite des bavards ; un pays dans lequel on ne peut donner sa confiance à personne ; un pays où chacun s'occupe de son voisin, l'épiant, surprenant ses secrets, le plus souvent pour les raconter à tout le monde ! Ce pays-là me déplaît particulièrement, et j'espère bien ne jamais vous y rencontrer.

« Commençons par la curiosité ; c'est un défaut que l'on prête volontiers aux demoiselles !

— Oh ! » protesta Claire.

Suzanne se mit à rire.

« Nous ne pouvons réclamer aujourd'hui, puisque c'est Madeleine qui nous y mène.

— Chacun son tour ! dit André ; c'est le vôtre aujourd'hui, je n'en suis pas fâché.

— Il y a la bonne et la mauvaise curiosité, continua tante Laure ; la première c'est le désir de connaître, de savoir, de comprendre tout ce qui, dans ce monde, peut vous intéresser, vous instruire. Cette curiosité-là vous ne sauriez trop vous y abandonner. Grâce à elle on devient instruit ; on apprend une foule de choses utiles, et ceux qui poussent très loin cette bonne curiosité deviennent des savants, des inventeurs, et rendent de grands services à l'humanité.

— Alors, tante, s'écria vivement Pierre, j'ai raison quand je veux toujours savoir le pourquoi des choses ?

— Oui, jusqu'à un certain point ; ainsi, lorsqu'on t'a donné un téléphone, tu as eu raison de t'appliquer sans relâche à le comprendre et à t'en servir...

— Mais, s'écria André, le jour où tu as détraqué ma

VII

ELLE A DEMANDÉ PARDON A MAMAN.

montre parce que tu m'avais prié de la démonter pièce par pièce et de la remonter ensuite ; ce jour-là je crois que tu avais moins raison, car ma montre s'en ressent encore ! »

Tante Laure riait : « C'est que Pierre ne sait pas toujours distinguer les bonnes curiosités de celles qui, sans être mauvaises, sont inutiles ou dangereuses.

« Passons maintenant aux mauvaises curiosités. Vous n'avez pas, je suppose, la prétention d'être aussi raisonnables que vos parents, de tout comprendre et de ne jamais commettre d'étourderies ; par conséquent, il doit vous paraître assez naturel que vos parents ne vous confient pas tout ce qu'ils ont à se dire, et qu'ils vous renvoient à vos jeux pour causer en liberté, fût-ce même de ce qui pourrait vous concerner. »

Madeleine baissa la tête ; on s'engageait sur un terrain brûlant.

« Il y a aussi bien des choses que vous ne pouvez pas savoir parce qu'elles sont au-dessus de votre portée. Ne vous en occupez pas ; vous avez bien assez à faire pour devenir des gens instruits et raisonnables, sans vous fatiguer inutilement à chercher le secret ou la raison de choses qui viendront en leur temps, et, si vos parents n'en parlent pas devant vous, c'est qu'ils ont, vous le voyez, de sages motifs pour s'en abstenir.

« Donc, continua tante Laure, vous faites une très vilaine action quand vous essayez de surprendre, en cachette, ce qu'on ne veut pas vous faire connaître.

« C'est une indélicatesse ; vous faites là le métier d'espion, le plus vilain des métiers.

« Madeleine le sentait bien dans sa petite conscience,

puisqu'elle a eu honte quand son père l'a surprise derrière la porte. »

C'était bien triste d'avoir mérité cet affreux nom d'espion! La pauvre Madeleine devint encore une fois si rouge que tante Laure n'alla pas plus loin sur ce sujet.

Pierre vint embrasser sa sœur, et, l'enlevant dans ses bras :

« Pauvre Madelon, s'écria-t-il, elle a perdu son arc de triomphe!

— Je le savais bien, dit humblement la petite fille, et j'avais raison de ne pas y compter!

— Nous le ferons pour tante Laure! s'écria Marc.

— Quelle bonne idée! Hourra pour tante Laure!

— Tante, s'écria effrontément André, je ne veux être ni un indiscret, ni un curieux, et pourtant j'aimerais bien savoir ce qui se passe dans le département de Marianne, ce qu'elle nous a fait ou nous fera, et, si tu le permets, j'irai lui demander de servir le goûter! »

VIII

LE TRIBUNAL POUR RIRE

C'est encore le tour de Marc!

« Mardi, privé de récréation pour avoir été impertinent vis-à-vis de Julie.

— Allons, Marc, raconte! nous t'écoutons.

— Ce n'est pas bien amusant, murmura le patient.

— Je t'aiderai, dit Pierre, je me charge des pas-
sages pénibles, et même je vais commencer par établir
les faits et te mettre en route.

« Il était une fois un petit garçon qui s'appelait
Marc; assez gentil au physique, je dois le reconnaître,
mais au moral!... au moral!... continua Pierre, qui
grossit la voix et roula des yeux terribles, vous allez le
juger!

— Prends garde! s'écria André, si tu nous énumères
tous les défauts de ton client, cela peut nous mener
loin.

— J'arrive au fait! mon illustre client, le roi des
musards...

— Hein! interrompit tante Laure, j'espérais que ce
roi avait abdiqué!

— Pierre, tu n'es pas gentil, s'écria Madeleine,
Marc flâne bien moins; excepté mardi, il était presque
corrigé!

— En effet, devant vous, messieurs du jury, il avait promis qu'on ne l'y prendrait plus. Il a juré trop tôt, et voilà que, mardi dernier...

— Mardi dernier, acheva André, je devine! Il a été repris d'une crise de musarderie.

— Qui a eu des résultats affreux! cria Pierre, les deux bras en l'air.

— Assez, dit tante Laure, vous n'êtes pas sérieux! Confesse-toi, Marc, tout simplement.

— André a raison, tante; j'ai été paresseux, je ne voulais pas me lever; Julie m'a grondé, et...

— C'est un passage pénible! s'écria vivement Pierre, je t'en prie, tante, laisse-moi le dire: j'ai assisté à la scène, c'était bien drôle!

ACTE PREMIER

« Julie entre dans notre chambre. (*Ici Pierre prit une voix de fausset.*)

— Monsieur Marc, je vais prévenir madame que vous ne voulez pas vous lever. »

Marc (*se retournant brusquement*). « Allez-y si vous voulez et laissez-moi tranquille! »

Julie (*calme et majestueuse*). C'est bien, j'y vais. »

Marc (*effaré*). « Non, non, je me lève. »

Pierre avait un grand talent d'imitation; l'auditoire riait, et Marc plus que les autres.

« Il est furieux, continue Pierre, il s'habille, Julie le presse, il s'impatiente, Julie n'est pas contente; finalement, au milieu d'une grande discussion, qu'entends-je?

VIII

« MARC, JE VAIS PRÉVENIR MADAME QUE VOUS NE VOULEZ PAS
VOUS LEVER. »

« Monsieur le président, fait gravement Pierre, changeant de ton et se tournant vers tante Laure, dois-je répéter en propres termes l'injure dite par l'accusé ?

— Ce n'est pas la peine, cria Madeleine toute rouge d'émotion.

— Quel drôle d'avocat ! dit Suzanne, il écrase son pauvre client.

— Je suis procureur général, dit Pierre noblement, et, dans Julie, je vois la bonne cause ; je défends la morale, la vérité...

— En sortiras-tu ? cria André.

— Pas tant de phrases ! dit Marc, j'ai eu le tort d'appeler la pauvre Julie « vieille bête ! » la voilà, ta vérité ! »

Après cette explosion il y eut un silence solennel ; on savait que tante Laure ne tolérait pas les grossièretés ; tous la regardaient.

« Ne le gronde pas, tante, dit enfin une petite voix suppliante ; » et Madeleine, se levant, alla embrasser Marc.

« Je ne gronde jamais aux séances, tu le sais bien ! »

Puis s'adressant au coupable :

« Décidément, tes frontières sont encore mal gardées ; l'ennemi entre chez toi à sa guise !

— Il avait élevé quelques fortifications, tante, remarqua Pierre ; Madeleine a raison, depuis longtemps il n'avait pas été musard.

— Bon, dit tante Laure, constatons ce progrès, j'en suis heureuse ; mais, vous le voyez, les petits ennemis ne se découragent pas facilement ; il faut encore veiller. Ne vous fiez pas au proverbe : « La Fortune vient en dormant. » Si Marc s'était levé à l'heure convenue, cette vilaine querelle avec Julie n'aurait pas eu lieu.

« C'est toujours la même histoire, les choses s'enchaînent, et vous avez beau dire, vos travaux de défense sont insuffisants; les petits ennemis se sont alliés pour l'invasion, et Marc a été battu à plates coutures.

« Il était mécontent de lui, sa conscience n'était pas à l'aise. Le voilà de mauvaise humeur, il se laisse aller à l'emportement, et se montre impertinent et grossier. Ce qui prouve que, lorsqu'on tombe dans une première faute, on est fatalement entraîné à en commettre d'autres.

— Que faire? dit Marc d'un ton soumis.

— Une chose bien simple! répondit André, ne pas commencer!

— Ce serait la perfection, reprit tante Laure avec un sourire, et nous n'en sommes pas encore là; mais, puisque vous ne pouvez en un jour déraciner vos mauvaises habitudes, quand elles vous ont conduit à une première sottise, essayez de le reconnaître à temps pour vous arrêter là, et, au lieu de l'aggraver, réparez-la le plus vite possible.

— Je comprends, dit Marc; puisque j'étais en retard, je devais me lever dès que Julie me l'a dit et rattraper le temps perdu au lieu de me disputer avec elle, car j'avais tort, et elle avait raison!

— Très sage! dit Pierre, qui avait mis les lunettes de tante Laure pour se donner l'air sévère; mais je vous ferai observer, accusé, que cette réflexion arrive un peu tard...

— Cependant, interrompit tante Laure, le président et le jury vous tiendront compte de la franchise de cet

aveu ; vous êtes acquitté ! Mais, avant de nous séparer,
laissez-moi vous donner encore un conseil. Autant que
possible ne vous mettez jamais de mauvaise humeur !
Nous avons parlé de cette sotte disposition, et je n'y
reviendrais plus, si elle n'avait pas eu, cette fois, une
vilaine conséquence : Marc a été grossier.

« La grossièreté est l'arme de ceux qui ont tort ;
c'est quand on n'a pas de bonnes raisons à donner
qu'on emploie les injures, et les injures n'ont jamais
rien prouvé ! Dans une discussion, si vous jetez une
insulte à votre adversaire, il se croit en droit d'y
répondre ; vous soulevez sa colère, vous amenez une
querelle et des violences. Si votre injure s'adresse à
un domestique, vous faites plus mal encore ; vous com-
mettez une véritable lâcheté, parce que sa situation
vis-à-vis de vous l'empêche de vous répondre comme
vous le méritez. Il n'est pas généreux de froisser la
susceptibilité de ceux que le sort a rendus dépen-
dants.

— Pauvre Julie ! dit Madeleine, elle est très bonne ;
elle ne voulait pas dire à maman que Marc l'avait
appelée « vieille bête ! » Mais maman avait tout entendu elle-même, et elle a puni Marc pour qu'il soit
poli une autre fois.

— N'en parlons plus ! s'écria Pierre, la cause est
jugée ; espérons qu'il n'y aura pas récidive !

— Qu'est-ce que cela veut dire ? demanda Madeleine.

— Il espère, expliqua André, que Marc ne recommen-
cera jamais !

— Ni vous non plus ! dit Madeleine un peu piquée ;

(on avait malmené Marc, son meilleur ami, pendant toute la séance, et elle en voulait un peu aux autres de leurs malices). Vous n'êtes pas plus polis que Marc quand vous vous fâchez!

— Nous le serons maintenant! dit André. Il n'y aura pas récidive! »

IX

DICK

Ce fut l'événement le plus important de l'année!

Le courrier venait d'arriver : une lettre pour tante Laure, des journaux pour le premier étage, et enfin, pour le second, une enveloppe longue, de papier anglais, couverte d'une écriture anglaise et portant le timbre d'Angleterre.

« Ce n'est pas une lettre comme les autres ! » avait dit le concierge, la regardant à deux fois avant de l'accepter ; mais il n'y avait pas à s'y tromper, c'étaient bien le nom et l'adresse de M. Besnier.

Le portier avait raison, ce n'était pas une lettre comme les autres ; le gros événement était contenu dans ce petit papier qui venait de traverser la Manche !

M. Besnier ne fut pas surpris de la même façon que son concierge ; pourtant il déchira vivement l'enveloppe en disant : « Que se passe-t-il? c'est de mon ami Kerby, et il n'écrit jamais que dans les circonstances graves ! »

Une heure plus tard, Pierre descendait quatre à quatre les marches du grand escalier et tombait chez tante Laure.

« Si tu savais, tante, ce qui arrive ! Nous allons

avoir un petit Anglais à la maison! Est-ce amusant!
Il m'apprendra à boxer! »

Tante Laure lisait son journal; elle ôta ses lunettes
et répéta tout étonnée :

« Un petit Anglais! à propos de quoi? »

Pierre était si content qu'il ne tenait pas en place
et ne savait plus ce qu'il disait; il répondit tout de
travers :

« C'est une épidémie! nous l'aurons chez nous! »

Une épidémie! tante Laure commença à s'inquiéter.

« Ne tourne pas autour de moi, comme un bourdon,
dit-elle en lui montrant une chaise; assieds-toi, et
explique-toi si c'est possible.

— Connais-tu M. Kerby, tante?

— J'en ai entendu parler; c'est un ancien et très
bon ami de ton père.

— Oui; il a été élevé en France, au même collège
que papa! Eh bien, son fils est en Touraine, pensionnaire chez un professeur; mais sais-tu ce qui arrive? »

Ici, Pierre se releva, trop agité pour raconter, tranquillement assis, le récit de l'aventure :

« Il y a une épidémie dans leur ville; le professeur a
prévenu M. Kerby. Alors M. Kerby a écrit à papa
pour lui demander s'il veut bien prendre son fils chez
lui pendant quelque temps, jusqu'à ce que le danger
soit passé; papa vient de répondre par dépêche, et le
petit Anglais sera ici dans un jour ou deux.

« C'est André qui sera étonné, il ne le sait pas
encore! »

Tante Laure, rassurée et comprenant tout maintenant, n'essaya plus de placer un mot. Pierre était plein

de son sujet, il pérorait sans trève ni merci ; elle laissa passer le torrent.

« Maman lui donne la grande chambre à côté de la nôtre. Il ira au collège, mais comme externe seulement ; nous ferons de fameuses parties ! »

Il y eut une seconde de répit, puis il reprit en regardant sa tante d'un air sérieux :

« T'ai-je dit comment il s'appelle ?

— Non, répondit tante Laure avec son calme sourire, tu as oublié cet important détail.

— Il s'appelle Dick et il a quatorze ans. Est-il heureux, tante ! il a fait le voyage d'Angleterre tout seul ! »

Sur cette péroraison, la porte s'entr'ouvrit poussée par André ; il avait eu vent de l'affaire et venait aux renseignements. Tante Laure, se souciant peu, sans doute, d'une seconde audition de la nouvelle, les laissa en tête-à-tête. Ce ne fut pas long ! En un instant tout le monde fut au courant de l'événement, et les six enfants envahirent la grande chambre destinée au nouvel ami. Chacun rangea à sa façon, épousseta, donna son avis. On s'aperçut que la pendule était arrêtée ; Suzanne la remit en marche. Enfin, tout était prêt ; on pouvait recevoir Dick le jour même. Il n'arriva que le lendemain et fut reçu à la gare par M. Besnier.

Il y eut alors une présentation officielle (à l'anglaise) des frères, sœurs, cousins et cousines, enchantés de la cérémonie.

Dick s'embrouilla un peu dans les noms, au milieu de toutes ces têtes qui le saluaient ; mais il n'en dit rien, et, quand il se trouva dans sa chambre avec Pierre

et Marc, qui lui offraient complaisamment de l'aider à
déballer ses affaires, il commença à comprendre la
composition des deux étages.

Quelques instants après, Dick, toujours escorté de
Pierre et de Marc, fit une visite à Mme Duverger et une
à tante Laure, et, les présentations officielles étant
terminées, on lui déclara qu'il était maintenant l'enfant
de la maison et serait traité comme tel.

Marianne, après avoir examiné avec curiosité le nouveau venu, décida à part elle que le petit Anglais était
gentil comme une demoiselle avec ses yeux bleus et ses
joues fraîches, et elle l'adopta volontiers parmi « ses
enfants ! »

On devait dîner chez tante Laure, ce jour-là, mais
le programme fut changé; en l'honneur de Dick, tout
le monde était engagé chez Mme Besnier.

La connaissance fut bientôt faite.

Dick n'était pas timide, et les nouveaux visages ne
l'effarouchaient pas; habitué à se tirer d'affaire lui-
même, il ne s'embarrassait pas facilement !

Très impatient de lui entendre raconter le fameux
voyage d'Angleterre, qu'il avait fait tout seul, Pierre
l'amena adroitement sur ce sujet.

Dick parlait bien le français; il ne se fit pas prier
pour causer. Les autres retinrent leur souffle pour ne
rien perdre de cette intéressante relation.

« Et vous n'aviez pas peur en bateau ? » s'écria Madeleine, qui le regardait avec admiration.

« Comment avez-vous fait en arrivant à Paris ? »
demanda Claire.

Dick sourit.

« Le frère de mon professeur m'attendait à la gare;
c'était convenu.

— Vous le connaissiez?

— Non; mais j'avais un moyen de le connaitre : je
lui avais écrit d'ouvrir son parapluie à l'arrivée du train.
En descendant du wagon, j'ai vu, dans la gare, un
monsieur qui tenait son parapluie ouvert et qui ne
bougeait pas; je suis allé devant lui et j'ai dit : Me voici,
fermez votre ombrelle ! »

Les enfants éclatèrent de rire.

« Je ne parlais pas très bien le français à ce moment-
là, reprit Dick, riant de bonne grâce avec eux.

— N'importe, vous aviez eu une bonne idée! dit
Pierre.

— C'est amusant de voyager! s'écria André, il arrive
toujours des aventures.

— Quelquefois elles sont ennuyeuses, répliqua Dick,
comme celle qui m'est arrivée il y a quelques jours.

— Oh! racontez-la!

— J'étais allé à Blois pour visiter le château. On y
vend beaucoup de photographies très jolies; j'en avais
choisi une douzaine pour me faire un album, et, comme
je n'avais pas l'album, je l'achetai aussi à Blois. Après
cela, j'entrai chez un pâtissier pour manger des gâteaux
et placer mes photographies, et, à l'heure du train, je
retournai à la gare.

« Mais, au moment de prendre mon billet, plus
d'argent!... Je n'avais pas compté ce que j'emportais;
tout était dépensé, je n'avais pas de quoi m'en aller!
Que faire? Enfin, il m'est venu une idée!... »

L'auditoire, qui frémissait déjà, fit un mouvement

de satisfaction... « Parler au chef de gare, lui expliquer ce qui m'arrivait et le prier de m'avancer de quoi payer mon billet.

« Pendant que je lui parlais, le chef de gare m'examinait d'un air très peu aimable :

« Mais je ne vous connais pas, monsieur!

— Il vous prenait pour un voleur! s'écria Marc, tout rouge à cette pensée.

— Ou pour un fou, dit tante Laure avec une certaine intonation, bien connue des enfants.

— Ce n'était pas agréable! reprit Dick. Tout en parlant, il ôtait de son doigt une grosse bague d'or, et, la montrant à la ronde :

« Voilà ce qui m'a sauvé, dit-il en riant; j'y tiens beaucoup; c'est un souvenir de mon frère aîné qui est aux Indes; je l'offris au chef de gare en lui disant :

« Vous avez raison, monsieur, vous ne me connaissez pas; mais je ne suis pas un voleur. Prenez cette bague; vous aurez la bonté de me la renvoyer quand je vous rembourserai.

« Après quelques difficultés, il y consentit. Le temps pressait!... Je n'eus qu'une seconde pour sauter en wagon.

— Et votre bague?

— Je la reçus deux jours après; mon professeur m'avait prêté de l'argent, et j'avais payé le chef de gare.

— Vous n'avez pas été grondé? demanda Madeleine, pour qui cette histoire était un gros drame.

— Grondé! s'écria Dick, en se redressant d'un air fier, pourquoi? Excepté mon père, personne n'a le droit de me gronder! »

LE CHEF DE GARE M'EXAMINAIT D'UN AIR PEU AIMABLE.

A cette sortie, tous les yeux se tournèrent instincti-
vement vers tante Laure; elle écoutait Dick et le regardait avec attention.

« A quoi penses-tu, tante? dit Pierre tout à coup.

— A beaucoup de choses que je ne veux pas dire,
répondit tante Laure d'un ton sérieux; je dirai seulement à M. Dick que, s'il avait compté son argent avant
de partir, ou s'il avait, du moins, gardé en réserve de
quoi payer son retour, il ne se serait pas mis dans cet
embarras. »

Dick rougit, mais cette fois il ne se redressa pas; il
sentait vaguement qu'un blâme mérité pesait sur lui,
et, contre son habitude, il se sentit gêné. Peut-être
tante Laure devina-t-elle son trouble; quittant sa place,
elle vint s'asseoir auprès de lui, et, pour changer le cours
de la conversation, lui fit quelques questions bienveil-
lantes sur sa famille.

Il n'avait plus de mère et avait été élevé par une gou-
vernante française qui était encore auprès de ses sœurs.
Il aimait beaucoup la France, et il espérait y rester
deux ans avant de rentrer en Angleterre pour finir ses
études. Il parla longtemps de ses sœurs, du frère ainé
qui était aux Indes...

Enfin, grâce à tante Laure, le petit nuage qui commençait à se former fut vite dissipé, et tout le monde
causait avec animation quand les mamans donnèrent le
signal du départ.

On souhaita tant de fois une bonne nuit au voyageur,
qu'il ne put se dispenser de dormir à poings fermés
jusqu'au lendemain.

L'hospitalité de la grande maison lui fut si douce

que, dès les premiers jours, Dick pensa avec regret au moment de la quitter; un soir, même, il se surprit à dire malgré lui : « Si l'épidémie pouvait durer bien longtemps ! »

Ce vœu féroce fut exaucé. Les semaines s'écoulaient, et le professeur n'osait pas encore rappeler son pensionnaire; celui-ci ne réclamait pas et supportait gaiement son exil. Son père lui écrivait souvent; à la fin du premier mois, il lui envoya sa pension.

De cette somme, consacrée à ses menus plaisirs, il ne devait compte à personne, et c'était peut-être un malheur !

« Que peut-il bien faire de tant d'argent? se demandaient Pierre et André; il attendait sa pension avec impatience comme s'il était ruiné ! »

Le fait est que le jeune Dick dépensait à tort et à travers.

Ce qu'il laissa d'argent, pendant ces trente jours, entre les mains du père Grenier, le concierge du collège, c'est incalculable ! disaient ses camarades avec un peu d'exagération. Il n'en retira d'autre honneur que d'entendre, un matin, le père Grenier répéter « que le petit Anglais était généreux comme un milord ! »

Il faut savoir que, ce matin-là, en sortant de classe, Dick lui avait acheté une douzaine de brioches toutes chaudes, pour les distribuer « aux petits » qui entouraient l'étalage du concierge; tous avaient été sensibles à ce bon procédé, et le père Grenier plus que les autres !

Puis, Dick ne savait pas résister à une fantaisie. Le jour même où il reçut sa pension, il acheta un port-

monnaie et une blague à tabac en perles d'acier; certes,
il n'avait jamais pensé à fumer, mais la blague était si
jolie! Elle lui servirait de bourse pour mettre à part
ses économies (inutile de dire que la blague resta toujours vide). Il acheta une canne; la sienne avait une
pomme d'agate et il en voulait une à bec recourbé. Il
fut bien tenté aussi par une épingle de cravate qu'il vit
en passant devant une vitrine; malheureusement, il
n'avait plus assez d'argent et dut se résigner à remettre
cet achat au mois suivant.

C'est en revenant du collège qu'il semait ainsi sa
pension dans toutes les boutiques. Quand il montra à
ses amis, en rentrant, les nouvelles acquisitions dont il
était si fier, Pierre regarda André, qui pinça Marc, et
tous trois comprirent alors « ce qu'il pouvait bien faire
de son argent! »

« Il le dépense bêtement! dit André quand ils furent
seuls; mais nous ne sommes pas assez intimes avec lui
pour lui dire cela.

— D'ailleurs, répondit Pierre, cela ne nous regarde
pas, et je crois que Dick n'aime pas qu'on se mêle de
ses affaires.

— Et puis, dit Marc à son tour, son père lui envoie
cette pension pour ses plaisirs, et chacun prend son
plaisir où il le trouve!

— C'est égal, reprit André en riant, il a eu une drôle
d'idée d'acheter une blague! Ce n'est pas cela que j'achè-
terai si on me donne de l'argent pour ma fête! »

X

GROS SOUCIS

Le mois suivant trouva encore Dick dans la grand
maison. Au moment où l'épidémie semblait toucher
sa fin, le professeur fut atteint par la maladie; il fu
frappé un des derniers et si gravement qu'il ne pour
rait de longtemps s'occuper de son élève.

Chacun plaignit de toute son âme le pauvre professeu
mais les enfants se réjouirent beaucoup de garder Dick
On parlait maintenant, aux deux étages, un mélang
d'anglais et de français. Les jeux étaient changés; Dic
en avait enseigné de nouveaux. On boxait peu cepen
dant. Les mamans n'aimaient pas beaucoup cet exer
cice-là; il avait coûté trop de bosses à tous les fronts
On remit les coups de poing à une époque plus reculée
L'intimité était complète; les garçons tutoyaient Dick
On se querella de temps en temps, mais chaque fois o
fit la paix! Dick était l'aîné de beaucoup et n'étai
pas cependant le plus raisonnable. (Cela venait peut
être de ce qu'il n'aimait pas qu'on se mêlât de se
affaires.)

On n'avait rien de grave à lui reprocher, il est vrai
ses bulletins de collège étaient envoyés à son père, e
en général, ils étaient satisfaisants.

Les séances chez tante Laure avaient lieu réguliè

rement tous les jeudis. Dick n'y assistait pas ; c'est
l'heure qu'il choisissait pour faire son courrier. Il
avait déclaré si nettement que « son père seul avait le
droit de le gronder, » que les enfants n'osèrent pas lui
proposer d'être leur compagnon dans ce voyage au
pays des défauts. Ils lui avaient seulement expliqué le
traité passé avec tante Laure ; mais, comme il ne ma-
nifesta aucun désir de le signer pour son compte, personne n'insista.

« Il n'a peut-être pas de défauts ! dit Madelcine, le
jour où les enfants annoncèrent à tante Laure que Dick
ne serait pas du voyage.

— Tout le monde en a ! répliqua Marc avec un haus-
sement d'épaules.

— Jusqu'à ce qu'on s'en corrige, dit tante Laure
qui feuilletait les carnets.

— Tante, connais-tu le défaut dominant de Dick ?
demanda Claire.

— Peut-être ; seulement je ne vous le dirai pas.
Nous ne sommes pas ici pour juger Dick, mais pour
vous juger vous-mêmes !

— Mais si Dick ne veut pas se corriger...

— J'en serai fâchée pour lui, dit tante Laure gravement ; un jour viendra peut-être où il recevra une
leçon un peu rude, qui lui fera regretter de ne s'être
pas corrigé assez à temps pour l'éviter ! »

On était arrivé au milieu du mois ; Dick n'avait pas
encore touché sa pension, et pourtant la fameuse épingle étincelait au milieu de sa cravate et faisait l'admiration de tous ses camarades.

« T'a-t-elle coûté cher ? demanda André.

— Oui, très cher ; » et, sans aucune explication, Dick parla d'autre chose.

« Tout son argent y a passé, je le parierais, se dit André ; il y aura quelques jours durs à supporter! »

Les événements ne donnèrent que trop raison à André.

Une nuit, les enfants furent réveillés en sursaut par un grand bruit ; les tambours battaient la générale, on criait au feu! tout était en confusion dans la ville.

De leurs fenêtres, ils voyaient les tours de la cathédrale ; elles étaient enveloppées d'une épaisse fumée, puis une grande lueur rouge les éclaira. Une maison brûlait tout près de l'église ! C'était un quartier pauvre ; la maison était louée à plusieurs locataires ; de malheureux ouvriers allaient se trouver sans asile, sans meubles et sans vêtements.

Le lendemain, les journaux annoncèrent qu'on était parvenu à se rendre maître de l'incendie, qu'il n'y avait pas d'accidents de personnes à déplorer, mais qu'une vingtaine de femmes et d'enfants se trouvant réduits à la misère, une souscription était ouverte en faveur des victimes du sinistre.

Pendant deux jours on ne parla que de l'incendie ; les colonnes du journal furent couvertes de noms ; toutes les bourses s'ouvraient. Les collégiens étaient dans une grande agitation ; ils voulurent organiser aussi une souscription, et chacun donna selon ses moyens.

On avait nommé un « commissaire de l'œuvre » pour recueillir les offrandes ; celui-ci, rencontrant Dick dans une cour, l'apostropha vivement :

DE LEURS FENÊTRES, ILS VOYAIENT LES TOURS DE LA CATHÉDRALE.

« Dis donc, milord, cria-t-il très haut, tu vas nous donner des sommes folles, toi qui es riche comme un Crésus ! » Dick fit bonne contenance et promit d'apporter son argent le lendemain. Mais comment ferait-il pour tenir sa promesse ? Toute la journée il fut au supplice !

En rentrant à la maison son supplice redoubla ; il trouva les enfants très occupés. Les mamans visitaient les vêtements défraîchis ou devenus trop petits, et ils en faisaient de gros paquets pour les incendiés.

Chacun apporta sa bourse ; on fit de grands comptes, et il se trouva qu'en sacrifiant le feu d'artifice qu'on tirait tous les ans, à la fête de tante Laure, et en renonçant à un appareil de photographie qu'on devait acheter en commun, ils pouvaient réunir à eux tous cinquante francs.

C'était une belle somme ! Depuis trois mois, tous faisaient des économies pour l'appareil de photographie et se promettaient la reproduction de leur personne dans des poses variées ; mais ils s'en priveraient de bon cœur. Pouvait-on acheter ce joujou au moment d'une telle catastrophe, quand de pauvres petits enfants manquaient de tout ?

Lorsque Dick parut, il y eut un moment de gêne ; on le connaissait si dépensier que ses amis pensaient bien qu'il n'avait rien à donner et ne lui demandèrent pas de se joindre à eux. D'ailleurs il leur parut tout extraordinaire ; il était pâle, et, au bout d'un instant, se plaignant d'un mal de tête, il alla s'enfermer dans sa chambre.

L'épingle coûtait cher, en effet, et les enfants ne

6

savaient pas tout! Elle n'était pas payée! Dick avait
engagé d'avance tout le mois suivant.

« Il faut pourtant que je trouve de l'argent, murmu-
rait-il avec agitation; mais comment? »

A aucun prix il ne voulait avouer son embarras.
Pierre l'avait deviné : Dick n'aimait pas qu'on se mêlât
de ses affaires! (préférant sans doute faire des sottises
à lui tout seul), et ses amis étaient très réservés avec
lui sur ce sujet délicat.

Donc il n'en demanderait à personne; mais il lui en
fallait absolument pour le lendemain.

On comptait sur lui; tous ses camarades donnaient.
D'ailleurs, il faut le dire à sa louange, Dick souffrait de
penser que lui seul serait exclu de cette bonne œuvre,
en voyant tous les autres se dépouiller de si bon cœur,
au profit des petits incendiés. Il fit l'inventaire de tout
ce qu'il avait acheté depuis son arrivée et, seul dans sa
chambre, il ne put s'empêcher de rougir en voyant à
quelles niaiseries il avait dépensé tant d'argent, sans
compter les gâteaux et les bonbons dont il ne restait
rien!

« Comment ai-je été assez stupide pour acheter
toutes ces horreurs-là! » se dit-il dans son dépit.

Alors il ôta son épingle.

« Elle me coûte cher, dit-il tout haut... si je pouvais
la revendre! »

Sans une seconde d'hésitation il s'y décida; il remit
l'épingle dans sa boîte, l'enveloppa soigneusement,
et, se glissant hors de sa chambre, il partit à grands
pas.

Ne voulant pas retourner chez le bijoutier qui la lui

avait vendue, il chercha une petite boutique, dans un quartier éloigné, et, entrant brusquement, il expliqua d'une voix émue ce qu'il venait faire.

Quelle déception! Cette épingle, qui valait tant, lorsqu'il s'agissait de l'acheter, on lui en offrait un prix dérisoire maintenant qu'il voulait la vendre.

« Le travail n'est rien! répétait le marchand, nous achetons l'or au poids, et votre épingle pèse si peu! » Le pauvre Dick était consterné! Il ne lui restait qu'une ressource : sa bague était lourde et on achetait l'or au poids. Mais quel sacrifice!

Quand il sortit de la boutique, son chapeau était enfoncé sur ses yeux; il courut presque jusqu'à la maison, remonta dans sa chambre et, sous prétexte de migraine, ne reparut pas de la soirée.

Le lendemain, le faux Crésus mettait son nom sur la liste de souscription et le commissaire de l'œuvre portait, triomphant, la collecte des collégiens aux bureaux du journal.

Alors, Dick se crut sauvé; ce n'était pourtant que le commencement de ses misères.

Le bijoutier se demanda à quel propos ce petit monsieur, si élégant d'apparence, vendait ses bijoux.

« Si le père l'apprend, se dit-il, j'aurai quelque affaire désagréable avec lui! » C'était un homme prudent; il résolut de prendre les devants et de le prévenir lui-même.

Le nom du bijoutier qui avait vendu l'épingle était sur la boîte; c'était déjà un renseignement, il saurait à qui il avait eu affaire. Il se rendit chez son confrère, et, lui montrant l'épingle, il lui raconta comment elle était en sa possession et quelles réflexions il avait faites après coup.

« Mais, s'écria le bijoutier d'un air inquiet, il m'a acheté cette épingle à crédit, voilà deux ou trois jours!

— Il y a quelque chose là-dessous! » dit l'autre.

Ils se regardèrent un instant, puis le bijoutier reprit :

« Je le connais, c'est un petit Anglais qui est en visite chez M. Besnier; avant d'ébruiter l'affaire, je lui parlerai! »

Le lendemain, comme Dick passait devant sa vitrine (sans s'y arrêter, cette fois), le bijoutier l'appela et le pria d'entrer.

« Dites-moi, jeune homme, où est l'épingle que je vous ai vendue? » demanda-t-il à brûle-pourpoint.

A quelqu'un qui n'aimait pas qu'on se mêlât de ses affaires la question pouvait sembler impertinente; Dick devint très rouge.

Si l'épingle avait été payée, il aurait pris son air le plus raide pour « remettre à sa place » ce bijoutier indiscret; mais il n'en avait pas le droit! Il le sentait bien, et une fois de plus il maudissait son imprudence qui l'avait jeté dans cette situation humiliante.

« Je sais que vous l'avez déjà revendue, reprit le bijoutier de sa voix la plus rude. Je ne connais rien à vos affaires; mais si, demain, je ne suis pas payé, j'irai avertir M. Besnier, qui n'est pas, sans doute, au courant de vos fredaines! »

XI

LES DÉCOUVERTES DE TANTE LAURE

Le jour suivant était un jeudi; il était convenu depuis la veille qu'on se lèverait de très bonne heure pour jardiner. Dick descendit le premier, et, quand les enfants arrivèrent chargés de leurs outils, ils le trouvèrent assis dans la brouette, la tête cachée dans ses mains, dans une attitude si désespérée, que tous les malheurs possibles semblaient être tombés sur lui.

« Qu'as-tu?... Es-tu malade?

— Ton professeur est mort? »

Ces questions restèrent sans réponse.

« Voyons, dit Pierre, tu as quelque chose, c'est sûr; pourquoi ne veux-tu pas nous le dire? »

Dick secouait la tête et se taisait toujours.

« Écoute, reprit Pierre, tu n'es pas gentil; nous sommes tes amis, et tu n'as pas confiance en nous! »

Cet appel toucha Dick; il releva la tête, et d'un air morne il dit :

« Je suis perdu!

— Perdu! répétèrent six voix sur le même ton, comment?

— J'ai fait des dettes!

— Des dettes! »

Pierre seul eut la force de répéter cette énormité; les autres restèrent bouche béante.

La fierté et la raideur étaient loin; Dick resta écrasé sous cet aveu.

Les outils étaient tombés à terre; il était bien question de jardinage! Tous entouraient Dick en répétant intérieurement ce mot terrible : des dettes!

Après le premier moment de stupeur, Pierre revint à lui; il s'assit sur un bras de la brouette, et, posant la main sur l'épaule de son ami, il lui dit naïvement :

« Mon pauvre vieux, il faut les payer!

— C'est facile à dire! s'écria Dick, retrouvant un peu d'énergie, mais comment veux-tu que je les paye? si j'avais de l'argent, je n'aurais pas de dettes! »

Pierre, heureusement pour lui, n'était pas très versé dans ces questions; pourtant ce raisonnement lui parut juste.

« C'est vrai, dit-il. Que je suis bête! mais il faut trouver un moyen. Notre argent est donné pour l'incendie; nous n'avons rien dans ce moment; que faire? »

Et il regarda tous les autres, dans l'espoir de trouver en eux des lumières; mais l'obscurité restait complète!

« Je connais un bon moyen, dit enfin Madeleine, à qui personne ne faisait attention !

— Toi!

— Mais oui, reprit la petite fille en rougissant. Pourquoi vous tourmentez-vous? Allons trouver tante Laure, elle arrangera tout!

— Nous sommes sauvés! s'écria André. Elle est étonnante, cette petite Madeleine! c'est toujours elle qui nous donne les meilleurs conseils! »

Mais Dick consentirait-il à cette confession?

« Vois-tu, Dick, reprit vivement André en se tour-

XI

ILS TROUVÈRENT DICK ASSIS DANS LA BROUETTE.

nant vers celui-ci, tu peux tout dire à tante Laure comme à nous, et Madeleine a raison, c'est le seul moyen de te tirer d'affaire! »

En se levant, tante Laure avait ouvert sa fenêtre, qui donnait sur le jardin, pour inspecter les travaux; mais, voyant les sept jardiniers transformés en autant de statues du désespoir ou de la désolation, elle resta une minute immobile à les contempler, se dit tout bas : « Il y a quelque chose! » et, un instant après, descendit au jardin, au moment où l'on invoquait son secours.

Tante Laure savait et devinait tout; c'était trop connu pour qu'on songeât à s'étonner de la voir paraître, puisqu'on avait besoin d'elle!

Tous s'élancèrent. Dick se leva pour la saluer; mais tante Laure l'embrassa, comme elle avait embrassé les autres; puis, le retenant près d'elle :

« Avez-vous quelque chose à me dire? » demanda-t-elle très doucement.

Et Dick, tout tremblant, raconta d'un bout à l'autre, sans hésitation, cette vilaine histoire d'argent.

« Voulez-vous me faire une promesse? » dit tante Laure quand ce fut achevé.

Dick fit un signe d'assentiment.

« Eh bien, promettez-moi de tout avouer à mon beau-frère, c'est lui qui vous prêtera aujourd'hui ce que vous devez au bijoutier.

— O tante! dit Pierre tout bas, prête-le toi-même à Dick, sans rien dire à personne. »

Tante Laure secoua la tête.

« Non, ton père doit le savoir, et Dick le lui dira. Il

est responsable de vous, reprit-elle en s'adressant à celui-ci, et vous avez mal agi déjà, vis-à-vis de lui, en vous jetant dans cette sotte équipée au lieu de lui avouer votre embarras. D'ailleurs, vous devez comprendre que ces deux marchands ont de vilains soupçons sur vous, après toutes ces petites cachotteries. Il faut les dissiper en vous montrant ouvertement chez eux accompagné de M. Besnier. »

Tante Laure avait raison, comme toujours, et Dick promit encore de se soumettre à cette nouvelle confession.

« Maintenant, dit tante Laure quand l'affaire fut ainsi réglée et terminée, voulez-vous que nous causions comme de vieux amis? »

Elle le regardait, souriant de son bon sourire qui donnait confiance aux plus coupables, et, prenant la main de Dick, elle reprit :

« Le jour même de votre arrivée, j'ai entrepris chez vous le voyage que vous avez refusé de faire avec nous; faut-il vous dire mes découvertes?

— Elles ne sont pas belles, murmura le pauvre Dick en soupirant.

— Le premier soir vous nous avez dit : « Personne, excepté mon père, n'a le droit de me gronder! »

— Et vous m'avez trouvé ridicule?

— Oui, répondit franchement tante Laure, c'était une fanfaronnade. Le professeur à qui vous êtes confié a ce droit, puisqu'il remplace votre père, et je suis sûre qu'il en use souvent, quoi que vous en disiez! Ce fut une de mes découvertes! Vous vouliez jouer au grand garçon qui n'a besoin de personne, qui sait se conduire lui-même et n'accepte ni conseils, ni reproches. Eh bien, croyez-moi, une expérience de quatorze ans n'est pas assez vieille pour suffire à la difficile besogne que vous lui imposez; elle vous a laissé commettre de grosses sottises, et je vous engage à lui retirer votre confiance! Si vous vous fiez à cette pauvre petite raison qui n'y voit goutte encore, vous en ferez toujours, de ces malheureuses sottises, et forcément il vous faudra appeler au secours un jugement plus avisé et capable de les réparer.

— Et c'est bien plus dur que de demander un simple conseil qui vous fait éviter la sottise! remarqua Pierre judicieusement.

— Le même soir, reprit tante Laure, vous nous avez raconté votre aventure à Blois, et je me suis dit : Voilà un enfant qui jette l'argent à tort et à travers sans en connaitre la valeur! Avais-je tort? »

Dick baissa la tête. Il avait bien prouvé que tante Laure ne s'était pas trompée. « On doit avoir de l'ordre dans ses finances, plus encore qu'en toute autre chose; il ne faut donc pas s'habituer à satisfaire toutes ses fantaisies, parce que, sur cette pente-là, on se laisse toujours entraîner trop loin! Et alors qu'arrive-t-il? Vous ne le savez que trop! Après avoir sottement acheté des choses si inutiles que souvent on regrette le lendemain de les avoir choisies, une fantaisie nouvelle vous vient en tête; on n'a plus d'argent! mais, comme on ne sait pas résister à une tentation, on se décide à une chose dangereuse et coupable... On fait des dettes!»

Le sujet était si grave que tous réfléchissaient d'un air sérieux, sans interrompre tante Laure.

« C'est une chose dangereuse, reprit-elle, parce que, une fois engagé dans cette voie-là, il est difficile de s'arrêter; on est pris dans un engrenage, et les gens les plus riches, s'ils font des dettes, sont bientôt pauvres! Et c'est une chose coupable, parce que, du jour que vous achetez plus que vous ne pouvez payer et sans savoir comment vous payerez plus tard, vous cessez d'être honnête!

— Oh! tante, dit Marc d'une voix étouffée par l'émotion, j'aimerais mieux me priver de tout que de faire un sou de dettes!

— Et moi je n'en ferai plus, murmura Dick; j'ai été trop malheureux pendant ces deux jours!

— C'est vrai, s'écria Pierre, tu t'es mis dans de vilaines passes, mon pauvre Dick, et tout cela pour avoir jeté ton argent par les fenêtres!

— Et aussi pour ne l'avoir pas avoué à temps, reprit tante Laure. Quand on a fait une sottise de ce genre, il est très dangereux de vouloir la cacher et la réparer soi-même; on s'embourbe, on arrive aux expédients le plus pénibles, et, au lieu d'en sortir, on aggrave la situation.

— C'est le cas de ne pas se fier à soi et de crier au secours! dit André en riant.

— Certainement. Ne doutez jamais, mes enfants, de ceux qui vous aiment. Venez à eux franchement quand vous aurez besoin d'aide; ils vous sauront gré de votre confiance et vous préserveront de bien des malheurs.

— Allons! s'écria Pierre, fais provision de courage et va trouver mon père; il faut en finir avec ton bijoutier!

— Et votre bague? s'écria Claire tout à coup, vous y teniez tant!... Il faut la racheter. »

Dick soupira.

« Je ne le peux pas! dit-il tristement.

— Oh! tante, murmura Suzanne, c'est pour une bonne œuvre qu'il l'a vendue! » Tante Laure sembla ne pas comprendre cette demande indirecte, car elle reprit du même ton qu'avant :

« En dépensant sans mesure, pour ses plaisirs seulement, on se prive volontairement de la joie de faire le bien, et c'est une des tristes conséquences du gaspillage. Si Dick avait réglé plus sagement l'emploi de sa petite bourse, il aurait pris part à cette bonne œuvre sans en être réduit à ce dur sacrifice. »

C'était sans appel! Tante Laure décidait ainsi que Dick méritait cette punition de ses folies.

Personne n'osa réclamer. Après un instant de silence, Dick, prenant un grand parti, déclara qu'il allait trouver M. Besnier, et la réunion fut dissoute. Que se passa-t-il dans cette journée? Il y eut des allées et venues mystérieuses. M. Besnier sortit avec Dick; on paya le bijoutier; puis ce fut le tour de tante Laure, mais sa course fut plus longue. Elle se rendit à la petite boutique du quartier éloigné, et, en rentrant, elle ne dit rien à personne.

Quand Dick toucha sa pension, il fut héroïque; il ne voulut rien garder; il paya intégralement et d'un seul coup ce qu'il devait à M. Besnier.

« Alors seulement, dit-il, il se sentit tout à fait honnête et complètement réhabilité! »

Quelques jours s'écoulèrent encore. Et un matin

on apprit que le professeur entrait en convalescence et que, dans quelque temps, il pourrait reprendre son élève.

Cette fois, il fallut se réjouir pour le professeur; mais tous, et Dick le premier, déploraient amèrement le résultat de sa guérison.

Les enfants devenaient tristes en voyant arriver l'heure de la séparation. Dick était maintenant tout à fait des leurs; ils pouvaient « se mêler de ses affaires » comme s'il était réellement leur frère à tous, et c'était bien dur de se quitter au moment où on s'aimait le plus! Heureusement une promesse de M. Kerby leur rendit un peu de gaieté; il viendrait passer en France les vacances prochaines, et ainsi, non seulement Dick leur serait ramené, mais on ferait connaissance avec ses sœurs. Déjà la petite Madeleine ne parlait plus que de miss Jane et de miss Lizzy.

Quand Dick alla dire adieu à tante Laure, elle lui donna une petite boîte qu'il reconnut aussitôt; il l'ouvrit, c'était son épingle!

« Gardez-la en souvenir de moi, » dit tante Laure.

Et, tandis qu'il la remerciait avec émotion, elle lui prit la main et glissa à son doigt la bague tant regrettée. Dick resta un moment sans parler; enfin, tout rougissant, il balbutia :

« Oh! tante Laure! (depuis le jour de la confession il lui donnait ce titre) si vous vouliez... ne vous fâchez pas!... » Puis il se tut.

« Avez-vous peur de moi? » dit-elle de son ton le plus encourageant.

Sans répondre il baisa la main qu'elle lui tendait.

« Eh bien, tante, donnez-moi seulement l'épingle !
Je voudrais racheter ma bague moi-même. Voulez-
vous me dire ce qu'elle vous a coûté ! J'aimerais tant
vous envoyer toutes mes économies jusqu'à ce qu'elle
soit payée ! Cela vous fâcherait-il, tante Laure ? »
répéta-t-il d'une voix timide.

Non ! sans doute, tante Laure n'était pas fâchée, car
elle embrassa deux fois son neveu d'adoption.

« C'est bien, mon enfant, dit-elle simplement, je
compte sur vous ; vous aurez votre bague quand nous
serons quittes. »

Il l'ôta de son doigt et la mit dans la boîte ; cela
fait, tante Laure le décora de son épingle.

« Je ne la vendrai plus ! dit-il avec un sourire, et
que de choses elle me rappellera ! »

Tout le monde voulut accompagner Dick à la gare ;
en route, on lui fit promettre plus de vingt fois d'écrire
aussitôt son arrivée.

On lui dit au revoir et non pas adieu, puisqu'il était
bien convenu qu'il reviendrait !

Dick se pencha une dernière fois pour serrer toutes
les mains tendues vers lui. Le train partit, tandis qu'on
criait encore : « Au revoir, à bientôt ! » et l'employé,
immobile dans sa petite niche, à l'arrière du train,
aperçut de loin le dernier mouchoir qui s'agitait.

XII

DANS LE MONDE !

Tante Laure donnait une matinée d'enfants.

Le salon de l'entresol était hermétiquement clos ; le lustre et les candélabres s'allumaient. Les deux étages étaient en révolution ! Marc n'était pas en retard cette fois. Il était habillé ; sa raie semblait tirée au cordeau ; il l'avait refaite cinq fois avant de la trouver irréprochable ; il se regardait dans toutes les glaces pour s'assurer qu'aucune mèche rebelle ne lui avait échappé.

Pierre se brossait encore, Madeleine mettait des gants blancs.

Au premier étage, c'était bien une autre affaire !

Ces demoiselles, enfermées dans leur chambre, n'en finissaient pas !

A chaque instant André venait crier à travers la porte :

« Êtes-vous prêtes ? nous serons en retard.

— Laisse-nous, répondait Claire d'un ton agacé ; descends si tu veux ! »

Enfin la porte s'ouvrit, et André recula d'un pas pour laisser passer « les princesses, » disait-il en riant.

« Suzanne, dit-il en suivant sa sœur dans le salon où Mme Duverger faisait une dernière inspection des toilettes, donne-moi encore une leçon de polka, mon pied gauche est toujours en retard sur l'autre.

— Impossible ! répondit Suzanne. Ma ceinture serait froissée avant d'entrer ; je ne veux pas ressembler à un monceau de chiffons ! »

Le second étage descendait, Marc en tête, et les six voisins firent leur entrée à l'entresol.

Les autres invités arrivèrent peu après ; tante Laure se mit au piano, et André invita pour débuter une bonne petite personne qui lui promit « une leçon de pied gauche. »

Ce n'était pas un bal sérieux, mais seulement une répétition. On devait donner un grand bal travesti chez Mme Mesnard pendant les vacances, et les mamans avaient promis des leçons de danse pour cette circonstance ; aussi se mêlèrent-elles aux quadrilles quand les figures s'embrouillaient trop.

Bientôt tante Laure céda le piano à Mme Besnier ; elle s'établit dans son fauteuil, à sa place habituelle, et regarda danser les enfants.

Suzanne était près d'elle et causait avec Louise Mesnard, qui avait à peu près son âge. Elles examinaient les toilettes, et, de temps en temps, un rire moqueur suivait quelque réflexion, peu charitable sans doute.

Une fillette très simplement mise faisait à ce moment un avant-deux et, pour cette raison, était rouge jusqu'aux oreilles.

« Cette petite Jeanne, est-elle fagotée ! murmura Suzanne ; ta robe fait très bien, continua-t-elle en examinant sa voisine, d'un air connaisseur.

— Oui, dit Louise, elle est d'un joli rose; la tienne est jolie aussi, » ajouta-t-elle poliment.

Cet échange de compliments fut interrompu par un bambin qui vint en balbutiant engager Louise pour une polka.

« Oh! mon petit Robert, je me repose, dit-elle d'un air languissant, en renversant sa tête, comme le font quelques grandes dames; invite donc Madeleine, elle danse très bien. »

Le petit bonhomme, ainsi éconduit, suivit ce conseil et se dirigea vers un autre groupe.

« Il est trop petit, dit Louise, je ne veux pas danser avec lui.

— Tu as raison, répliqua Suzanne, on est ridicule quand on a un danseur si petit! »

Suzanne rencontra les yeux de tante Laure qui la suivaient attentivement; elle se tut et rougit sans trop savoir pourquoi.

André, sûr enfin de son pied gauche, grâce aux exercices répétés auxquels il l'avait soumis, osa se présenter devant Mlle Mesnard, qui daigna accepter ce nouveau danseur, et tante Laure quitta son poste d'observation.

Peu après, on annonça le goûter. Suzanne et Claire aidèrent leur tante à en faire les honneurs; elles reçurent beaucoup de compliments. On vanta leur bonne grâce; Suzanne levait très haut la tête et prenait son air le plus majestueux lorsqu'elle rencontra, une fois encore, le regard de sa tante. Elle baissa la tête subitement, et, arrêtant Claire qui passait près d'elle :

ELLES EXAMINAIENT LES TOILETTES.

« Nous aurons « une séance » demain, murmura-t-elle.

— Pourquoi? dit Claire étonnée.

— Je vois cela dans les yeux de tante Laure; elle aura quelque chose à nous dire. »

Après le goûter, Mlle Mesnard se mit au piano et annonça solennellement qu'elle allait jouer un morceau à quatre mains avec une de ses amies. Le morceau alla à peu près. L'amie faisait la basse; elle n'avait pas le superbe aplomb de Mlle Mesnard; elle se perdit un peu en route, mais se retrouva heureusement avant la fin, et les dernières mesures furent enlevées avec beaucoup d'ensemble.

On combla d'éloges les deux exécutantes; Mlle Mesnard souriait, saluait comme une poupée articulée.

« C'est dommage, dit-elle enfin d'un ton aigre en se tournant vers son amie, que Marie se soit trompée au plus joli passage! »

La pauvre Marie se troubla, devint très pâle et, malgré tous ses efforts, deux grosses larmes roulèrent dans ses yeux.

Pierre s'avança vivement :

« On ne s'en était pas aperçu, dit-il tout haut, pourquoi le faites-vous remarquer? »

Mais tante Laure, posant sa main sur le bras de Pierre, lui faisait signe de se taire.

Cette brusque sortie avait causé un certain malaise. Louise Mesnard se tourna vers le piano pour fermer sa musique; Marie adressa un sourire reconnaissant à son défenseur et se glissa dans un petit coin.

Les autres se regardaient.

« Je ne suis pas fâché, murmura un grand garçon, de voir Louise Mesnard recevoir une leçon ; elle en aurait souvent besoin ! »

Mais tante Laure voulait effacer l'impression causée par cet incident ; elle se mit au piano et commença un galop si entraînant que tous s'élancèrent en même temps, chacun prenant au hasard la danseuse la plus voisine.

XIII

L'ENNEMI DE SUZANNE

« Suzanne, disait tante Laure, le lendemain, Louise Mesnard est-elle ta meilleure amie? voudrais-tu la prendre pour modèle et essayer de lui ressembler? »

Suzanne se rappelait certains regards de la veille.

« J'étais sûre que tu me parlerais d'elle, tante, murmura-t-elle en rougissant. J'ai bien vu que tu nous écoutais.

— Louise Mesnard est une sotte, dit André.

— Et elle est méchante! pourquoi m'as-tu arrêté hier, tante? dit Pierre en riant. J'avais tant de plaisir à lui faire remarquer sa méchanceté!

— Hier, tu étais mon aide de camp; tu étais presque chez toi, et, tout en reconnaissant qu'elle le méritait, je ne pouvais te permettre de donner une leçon à notre invitée; tu n'es pas chargé de son éducation.

— Heureusement! j'aurais trop à faire!

— Soyons charitables, dit tante Laure en souriant. Oublions Louise Ménard; cherchons seulement son grand ennemi; le connaissez-vous?

— Elle en a beaucoup! s'écria Pierre peu décidé à désarmer.

— Elle en a surtout un grand, répéta tante Laure, la vanité. C'est la vanité qui la rend sotte et ridicule toujours, et qui l'a rendue méchante hier.

— C'est vrai, dit Claire, elle était vexée parce que Marie l'a empêchée de produire tout son effet, dans ce fameux passage!

— Suzanne, interrompit tante Laure, es-tu sûre qu'hier le même ennemi n'a pas commencé quelques ravages dans tes domaines? Pourquoi as-tu dit que « cette petite Jeanne était fagotée » (c'est ton mot), si ce n'est pour faire remarquer ta jolie toilette et t'attirer un compliment?

« Pourquoi relevais-tu si fièrement la tête lorsque quelques mamans, pour nous être agréables, ont dit que vous étiez charmantes et gracieuses?

« C'est que le sot amour-propre régnait en maître dans cette petite cervelle!

« Et savez-vous pourquoi j'ai consenti à donner ce bal?

« C'était pour vous étudier sous un nouveau jour!

— Alors c'était un piège, cette répétition! s'écria Pierre en riant.

— Un piège si vous le voulez; moi, j'appelle cela une épreuve!

« Je voulais obliger à une sortie certains ennemis que je soupçonnais fort d'être dans la place; je vous ai vus comme je le désirais, c'est-à-dire regardés, entourés, complimentés...

— Faisant des grâces, interrompit André en riant, et, pendant ce temps-là, tu te moquais de nous; tu as dû bien t'amuser! »

Tante Laure sourit.

« Non, j'étais occupée à surveiller l'ennemi, et j'ai

XIII

« JE PLAINS LE PAUVRE PROFESSEUR. »

reconnu avec chagrin que ma pauvre Suzanne aurait une campagne à faire.

— Oh! je t'en prie, Suzanne, s'écria André avec une terreur comique, ne ressemble pas à Louise Mesnard!

— Donne-nous vite « un système, » tante, dit Claire; il nous servira pour le prochain bal.

— Le système est bien simple, il ne demande qu'un peu de bon sens.

« Examinez-vous, et vous verrez si vous avez ce droit, que l'on n'a jamais, de vous enorgueillir!

« Ne m'appelez pas tante rabat-joie, continua tante Laure en riant; je n'exigerai pas trop.

« Si vous aimez votre tournure, comme je le crois, je ne puis vous empêcher de vous dire en vous-même : Ma robe est très jolie et me va bien, j'ai une belle ceinture et je suis bien coiffée.

« Mais, quand ce sera établi, aurez-vous le droit d'en conclure que vous êtes une merveille?

« Non; car il y a, dans le même salon, vingt ou trente petites personnes qui se font absolument les mêmes réflexions et qui n'auraient pas moins que vous le droit de les faire.

« Quand une enfant exhibe ses petits talents...

— Comme Louise Mesnard, dit tout bas une voix.

— ... Pensez-vous que je crie au prodige parce qu'elle a joué deux pages sans croquer trop de notes? Je plains seulement le pauvre professeur qui a eu certainement un mal affreux à obtenir cela de son élève! »

Les enfants se mirent à rire.

« Pauvre Louise! dit Suzanne; pourtant cela prouve aussi que l'élève a bien travaillé.

— En travaillant, vous faites votre devoir strictement, et c'est pourquoi vous n'avez aucune raison de tirer vanité d'un succès que vous devez beaucoup plus aux autres qu'à vous-même; sans les leçons de vos professeurs et sans les robes de vos couturières, vous ne seriez dans le monde ni plus ni moins brillants qu'un petit ramoneur ou un marmiton!

— J'ai bien envie d'expliquer cela à Louise Mesnard, le jour de son bal! dit Pierre.

— Ne te laisse pas aller au plaisir dangereux et trop facile de critiquer les autres, reprit tante Laure; contente-toi, sans juger ton prochain, de profiter des avis qu'on te donne.

— Je penserai au petit ramoneur et au marmiton, ce jour-là, dit Marc.

— Que cela ne t'empêche pas de soigner ta raie! s'écria André, tu étais si beau hier.

— Soyez aussi bien que vous le pourrez, dit tante Laure avec son sourire indulgent; mais, si vous sentez que votre tête va tourner au milieu de vos succès, pensez à ce que je vous ai dit; mettez l'ennemi en fuite et restez de bons enfants, simples et sans prétentions. Amusez-vous franchement, sans jouer aux grandes personnes, et ne perdez pas votre temps à vous moquer des toilettes de vos amies; ce n'est pas charitable et ce n'est pas votre affaire.

« Un dernier conseil, Suzanne, reprit tante Laure, riant de bon cœur au souvenir de la conversation qu'elle avait surprise : accepte les petits danseurs aussi bien que les grands. Ce n'est pas du tout ridicule, et ils seront si heureux !

. — C'est moi qui étais ridicule! dit Suzanne tristement; tante, préviens-moi chaque fois que l'ennemi se montrera.

— J'ai un bon moyen de te corriger, dit André d'un ton consolant : quand tu seras vaniteuse, je t'appellerai Louise Mesnard!

— Chut! fit tante Laure, toi aussi tu deviens très mauvaise langue, André!

XIV

LA MEILLEURE AMIE

On jouait aux petits jeux chez tante Laure ; chacun devait faire ses confidences, c'est-à-dire répondre à un certain nombre de questions, écrites par celle-ci sur des feuillets séparés que l'on tirait au hasard.

« Votre idée du bonheur ? » demandait le petit papier tombé aux mains de Suzanne.

Et Suzanne avait répondu sagement :

« Être en paix avec sa conscience. »

On avait griffonné tant de folies sur les questions précédentes que cette grave réponse fit sensation.

« Qui a dit cela ? » demanda tante Laure.

C'était le tour de Pierre de lire à haute voix les confidences de tout le cercle.

« Sans doute M. Prudhomme, dit-il d'abord, mais non... et il feignit d'examiner le papier avec plus d'attention ; c'est l'écriture de Suzanne ! »

Il se tourna vers celle-ci :

« Tu as pris cette phrase dans la *Morale pratique ?* dit-il d'un ton moqueur.

— Non, répondit Suzanne sans s'émouvoir, je le dis parce que je le pense !

— Bravo, Suzanne, soutiens ton opinion, car elle est bonne et exprimée simplement, dit tante Laure ; je

suis avec toi, et nous allons obliger cet écervelé de
Pierre à penser aussi comme M. Prudhomme.

« Si tu sais comprendre cette grande joie de n'avoir
rien à se reprocher, tu as fait un grand pas déjà vers
cette perfection que vous voulez atteindre...

— Et que nous n'atteignons pas! dit Claire en
secouant la tête.

— Tu te lamentes toujours, s'écria Suzanne; laisse-
nous essayer, c'est convenu, et c'est encore le meilleur
moyen d'y arriver. »

La petite Madeleine répétait tout bas la réponse de
Suzanne.

« Alors, nous avons tous une conscience! dit-elle
tout à coup.

— Oui, répondit Marc, et c'est bien ennuyeux. Je
te ferais volontiers cadeau de la mienne.

— Qu'est-ce que c'est, la conscience? reprit Madeleine, ouvrant de grands yeux étonnés.

— La conscience?... pour moi, c'est une insupportable créature qui me poursuit partout et passe sa vie
à me faire des reproches. Avec elle, c'est inutile de
discuter; elle a toujours raison; elle se mêle de tout!
Quand je fais la moindre faute, elle me crie : « Tu as
tort! c'est mal! » Et, si je lui désobéis, alors je n'ai
plus un moment de repos; c'est comme une cloche à
mon oreille, elle me répète : « tu as eu tort! tu ne devais
pas faire cela! tu as eu tort! »

« Ah! quel malheur d'avoir une conscience! Je
m'amuserais bien plus si je n'en avais pas!

— Tu donnes de jolis principes à ta sœur! s'écria
André en riant.

— Et comme il est injuste! dit vivement Suzanne. C'est pour te rendre service que ta conscience te prévient ainsi, et elle ne gronde que lorsque tu as fait le mal. Si tu suivais ses avis, tu l'aimerais et tu serais content de toi! N'êtes-vous donc jamais d'accord?

— Oh si! quelquefois, dit Marc en riant. Ces jours-là, elle est moins désagréable, et nous faisons la paix; mais cela ne dure pas toujours, et je garde mon opinion; c'est gênant, d'avoir une conscience.

— Eh! tu as tort! reprit Suzanne, je ne comprends pas qu'on se fâche contre sa conscience. Je trouve très agréable d'avoir cette petite amie sûre et discrète, qui juge tout mieux que moi et veut bien me montrer ce que je dois faire.

— Je suis de l'avis de Suzanne, s'écria Claire; c'est très heureux que nous ayons une conscience, et j'aime aussi être en paix avec la mienne. C'est dommage seulement qu'elle ne soit pas la plus forte et qu'on puisse lui résister quelquefois.

— Alors nous n'aurions plus de volonté! s'écria André, nous serions de vraies machines! C'est bien plus gentil d'avoir toujours son petit juge sous la main et de discuter avec lui; l'autre jour, il m'a empêché de voler des pommes!

— Oh! » fit l'auditoire avec horreur.

André leva fièrement la tête.

« Je ne l'ai pas fait!... Elles étaient pourtant d'un beau vert, comme je les aime, et le pommier touchait la haie au bord de la route; j'ai pris un caillou, j'allais le lancer, j'en visais une grosse... Mais le petit juge s'est redressé :

« Ne le fais pas, ce serait voler! »

« J'ai essayé de lui prouver que non, que d'ailleurs une pomme ce n'était rien; il m'a prouvé que si, et il a fallu y renoncer!

« Je *pouvais* le faire cependant, continua André, tout fier au souvenir de cette tentation vaincue; mais je ne l'ai pas *voulu*, parce que c'était mal, et j'ai eu bien plus de vertu que si le petit juge avait eu le pouvoir d'arrêter mon bras ou de me prendre le caillou. Comprends-tu la différence? »

Depuis un instant Pierre était pensif; à cette comparaison d'André, il leva la tête et, regardant tante Laure :

« Je comprends la différence! » répéta-t-il lentement d'un air de profonde réflexion. Tous se mirent à rire, mais il garda le plus grand sérieux.

« C'est une chose extraordinaire que la conscience, n'est-ce pas, tante? continua-t-il. Ce n'est rien cette petite voix qui est en nous; elle n'a pas la force de nous empêcher de faire ce que nous voulons; pourquoi ne pouvons-nous, à notre tour, nous empêcher de l'écouter et de nous soumettre à elle le plus souvent? Pourquoi est-on heureux ou malheureux selon qu'on a fait le bien ou le mal, même si personne ne le sait, seulement parce que cette petite voix nous félicite ou nous fait des reproches? »

— Nous y voilà! s'écria tante Laure; tu as pris un autre chemin pour arriver à dire tout simplement avec Suzanne : « On est heureux lorsqu'on est en paix avec sa conscience. »

Pierre sourit.

8

« C'est vrai! dit-il; avec mes réflexions je deviens un second M. Prudhomme.

« Es-tu contente, Suzanne?

» N'importe! continua-t-il en revenant à ses idées, c'est très sérieux la conscience!

— Tu as raison, dit tante Laure, mais tu te poses là de grosses questions. Ce que nous appelons conscience, c'est la notion du bien et du mal que Dieu a mise en nous. Marc, qui fait assez bon marché de la sienne pour l'offrir en cadeau, serait bien puni si on le prenait au mot; que deviendrais-tu, si tu perdais ta conscience?

— Une bête! répliqua naïvement Marc après un instant de réflexion.

— Justement! Tu serais comme les animaux qui vivent suivant leur instinct et ne connaissent ni la joie ni le remords des actions bonnes ou mauvaises. Mais Dieu nous a donné, en même temps que la conscience, la volonté. Comme le disait ce fou d'André, qui avait raison par hasard, sans cette volonté nous serions de vraies machines, et notre grand mérite c'est de plier notre volonté à ce que nous savons être le bien.

— Prudhomme III, murmura André, je dois ce noble titre à mon petit juge!

— N'en parle donc pas sans respect, dit tante Laure en souriant; ne vous représentez pas votre conscience comme une petite vieille désagréable et grognon! — Et tante Laure se tourna vers Marc qui baissa les yeux avec contrition; — aimez-la au contraire comme votre meilleure amie; causez avec elle, interrogez-la. On ne reconnaît pas toujours, du premier coup, si une chose est bien ou ne l'est pas, si on a raison de la faire, ou tort.

« Quelquefois on cherche des excuses ; on voudrait les croire bonnes, ou bien, de bonne foi, on a peur de se tromper. La conscience ne se trompe jamais; elle va au fond des choses, malgré vous, quelquefois! Elle écoute vos raisons, elle reconnaît bien les bonnes des mauvaises; vous pouvez vous fier à elle.

« Et, quand elle vous a éclairés, ne lui résistez pas, car vous connaîtriez ce grand supplice dont se plaignait Marc et qui n'est autre chose que le remords!

— Hou! hou! cria André; Marc vit dans le remords! Marc est mal avec sa conscience! Marc est pétri de défauts!

— Marc va te forcer à te taire! si tu continues, dit celui-ci sans se fâcher. Ah! tante! si on écoutait toujours sa conscience, ce serait une fameuse alliée contre les petits ennemis!

— Eh bien, dit tante Laure, puisque vous le comprenez, il faut l'écouter toujours; c'est bien simple.

— Ce sera le conseil de guerre! s'écria Pierre; nous consulterons toujours la conscience avant de commencer une attaque!

— Voilà un bon plan! et si vous le mettez toujours à exécution, je puis vous promettre des merveilles! »

On s'était fait tant de grandes confidences qu'on ne reprit pas les confidences pour rire. Chacun remit son crayon dans son calepin, et, tante Laure donnant le signal, tout le monde se leva.

Madeleine avait-elle compris toute cette histoire de conscience?...

Suzanne le lui demanda.

« Je ne sais pas, dit la petite fille; mais je suis contente d'en avoir une tout de même, pour ne pas être comme une bête. La conscience doit ressembler à tante Laure, continua-t-elle timidement, puisque tante Laure nous a appris aussi à être sages!

— Elle a très bien compris! s'écria Suzanne en riant; tante Laure nous connaît si bien qu'elle peut être en effet une conscience générale pour nous tous! »

Tante Laure embrassa la petite fille.

« Si je vous ai appris à vous corriger, dit-elle doucement, notre voyage est fini! Mais rappelez-vous que je vous ai dit le moyen seulement. Je vous ai donné « des systèmes, » reprit-elle en souriant; le meilleur de tous, c'est d'écouter la petite voix que vous savez et de lui obéir toujours; mais pour cela il faut que vous le vouliez de tout votre cœur.

— Nous le voulons, cria Pierre. Jurons encore de le vouloir toujours! »

Et le serment fut répété avec une telle exaltation que toutes les cordes du vieux piano vibrèrent à la fois et que, dans sa cuisine, Marianne craignit un moment de voir tourner le lait qu'elle versait dans ses œufs.

FIN

MARIANNE CRAIGNIT DE VOIR TOURNER LE LAIT QU'ELLE VERSAIT
DANS SES ŒUFS.

ENCORE UNE AVERSE

« Veux-tu jouer avec moi, Madeleine?

— Non, mon petit Pierre, je n'ai pas le temps de m'amuser; j'ai un ourlet à finir pour maman.

— Mais je m'ennuie, dit Pierre d'un ton dolent; et, se laissant tomber sur un fauteuil, il se mit à pleurer.

— Ah! fit Madeleine avec beaucoup de calme, encore une averse! Connaissez-vous rien de plus ridicule qu'un garçon qui pleure à tout propos! »

Pierre est un gentil garçon, il a de bonnes qualités; mais, il y a peu de temps encore il avait ce travers.

Il a sept ans, depuis un an il a quitté la robe des bébés; mais, en prenant ses vêtements de grand garçon, il n'avait pas su se corriger de cette faiblesse, et il pleurait comme un petit enfant au moindre bobo et à la moindre contrariété.

Sa sœur, qui est une sage petite fille de dix ans, avait essayé souvent de le corriger de cette sotte habitude, mais sans y réussir.

Ses amis lui disaient souvent : « Tu ne seras jamais un homme, mon pauvre Pierre; tu pleures comme une petite fille! »

Cette comparaison vexait beaucoup plus Madeleine que Pierre, car Madeleine ne pleure que lorsqu'elle a de bonnes raisons pour cela, et elle ne voit pas pourquoi on accuse toujours les petites filles d'être plus douillettes que les garçons.

Elle avait renoncé d'ailleurs à corriger Pierre; elle se contentait de dire à chaque nouveau désespoir de celui-ci : « Ah! encore une averse! » Et elle ne s'en troublait pas davantage.

Pourtant elle lui faisait remarquer de temps en temps « que ce ce n'est pas bien gai de vivre avec un saule pleureur! »

Mais rien ne touchait Pierre, et il ne manquait jamais une occasion de répandre ses larmes.

Heureusement, un secours inattendu fut envoyé à Madeleine, justement quand elle désespérait de voir son frère guéri de sa manie.

Ce secours arriva de bien loin, il venait d'Afrique!

Madeleine et Pierre avaient un oncle qu'ils ne voyaient que bien rarement; Pierre ne l'avait même vu qu'une fois, et il s'en souvenait à peine, tant il était petit alors; Madeleine l'avait vu trois fois, et elle se rappelait très bien que son oncle Henri était un grand militaire, avec une longue moustache, un grand sabre qui lui donnait le frisson quand elle était toute petite, et un air sévère qui faisait baisser les yeux aux poltrons.

Mais elle, qui n'était pas poltronne, savait bien que son oncle était très bon et qu'il aimait beaucoup sa petite nièce.

L'oncle Henri vint passer un mois de congé chez sa sœur; il trouva les enfants très gentils, et, comme il était jeune et très gai, malgré cet air sévère que lui donnaient ses moustaches et son sabre, il fit bientôt de grandes parties avec eux.

Pierre était si heureux et s'amusait tant depuis l'arrivée de son oncle, qu'il n'avait pas trouvé encore l'occasion de placer une averse! Cela ne pouvait durer bien longtemps.

En effet, un jour, l'oncle Henri, se préparant à faire une longue course en voiture et rencontrant Pierre sur son chemin, lui dit :

« Veux-tu venir avec moi?

— Oh! oui, mon oncle, fit petit Pierre, dont les yeux brillèrent de joie.

— Alors, cours demander la permission à ta mère. »

Pierre partit en courant... mais ne revint pas.

L'oncle, commençant à s'impatienter, alla dans la chambre des enfants.

Pierre était étendu sur un canapé, la tête enfoncée dans un coussin et pleurait comme s'il avait voulu rattraper tout le temps perdu dans ces derniers jours.

« Qu'y a-t-il donc? fit l'oncle étonné, en regardant Madeleine qui lisait tranquillement.

— Je ne sais pas, fit Madeleine ; il n'a pas voulu me le dire; c'est encore une averse!

— Comment! il pleure? s'écria l'oncle stupéfait.

— Mon oncle, cria alors le pauvre Pierre en sanglotant, maman ne veut pas que j'aille avec toi; c'est aujourd'hui ma leçon avec Mlle Vernier! »

Et Pierre, se levant, montra ses yeux rouges et bouffis et son visage inondé de ruisseaux de larmes.

A son approche, l'oncle recula, et, agitant ses grands bras devant lui, comme pour écarter un spectacle effrayant :

« Cache-toi! Cache-toi! dit-il à son neveu, j'ai vu

d'affreux singes en Kabylie ; mais les plus horribles
seraient beaux, comparés à la vilaine figure que tu
nous montres là. N'as-tu pas honte, continua-t-il, de
pleurer comme une demoiselle ? Je te croyais un petit
homme ; tu n'es qu'un bébé, et ta mère le permettrait
maintenant que je ne t'emmènerais pas. Un officier
n'est pas une bonne d'enfants ! »

Et l'oncle sortit, laissant Pierre si abasourdi et si
honteux qu'il ne savait où se cacher.

Madeleine était une bonne petite sœur, elle comprit
combien son frère était humilié par le mépris de son
oncle.

« Ce n'est pas étonnant, vois-tu, mon pauvre Pierre,
fit-elle doucement, que mon oncle se soit moqué de
toi. Pour un militaire surtout, un garçon qui pleure est
ridicule.

— Il ne voudra plus jouer avec moi, interrompit le
petit garçon d'un ton piteux.

— Mais si, mon petit Pierre ; seulement il faudra
essayer d'abord de ne plus pleurer à chaque instant,
pour lui montrer que tu ne veux plus être un bébé !
Ah ! voilà M¹¹ᵉ Vernier, tu vas prendre ta leçon. Sois
gentil, fais bien tes devoirs, on t'en saura gré. » Et
Madeleine sécha les yeux de son frère et l'embrassa
pour le consoler tout à fait.

M¹¹ᵉ Vernier entra, et Pierre lui montra ses devoirs.

« Voilà une page remplie de fautes, dit M¹¹ᵉ Vernier
au bout de quelques minutes d'examen ; vous la recom-
mencerez.

— Alors je n'aurai pas le temps de jouer aujour-
d'hui. »

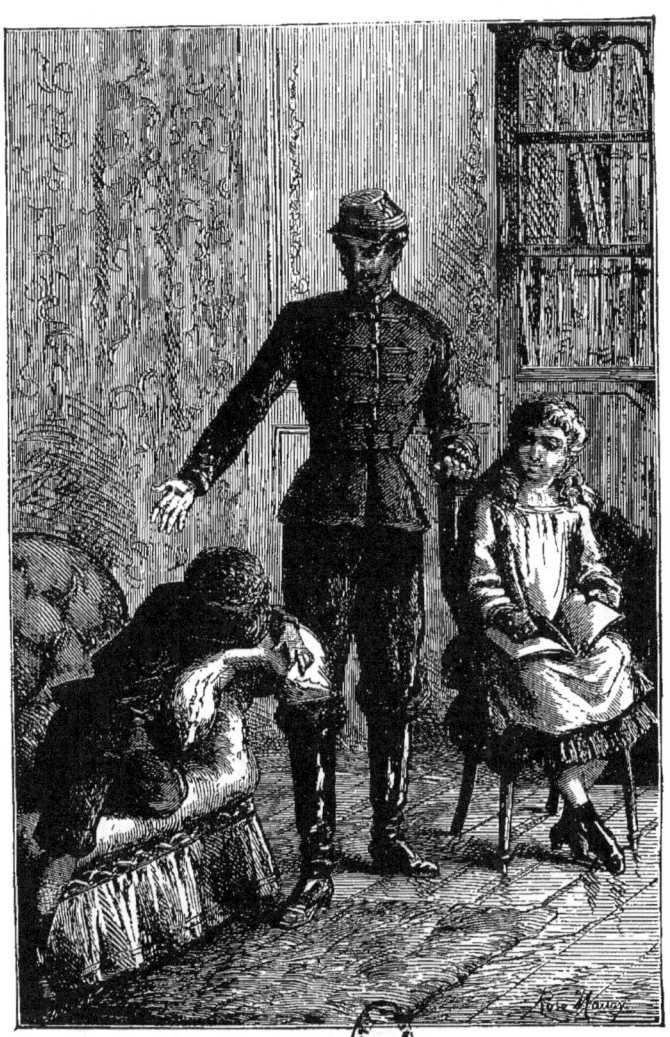

« CACHE-TOI! CACHE-TOI! » DIT-IL.

Et, comme il avait le cœur très gros de sa mésaventure, Pierre était tout prêt à pleurer encore!

Mais la petite sœur veillait :

« Oh! fit-elle tout à coup, encore une averse? déjà! »

Pierre frotta bien vite ses yeux et ne pleura pas.

Quand l'oncle rentra, les enfants jouaient dans le jardin. Il appela Madeleine et lui donna un gros bouquet qu'il avait cueilli pour elle; mais, en passant près de Pierre, il lui fit seulement une grimace en disant :

« Bébé ne pleure plus? C'est vraiment heureux!

— Oh! mon oncle, ne te moque plus de Pierre, dit Madeleine, il ne pleurera plus; n'est-ce pas, Pierre?

— Quand j'en serai sûr, je l'emmènerai avec moi; mais, avant cela, je veux des preuves. »

Deux jours se passèrent; Pierre n'avait pas pleuré; cela ne suffisait pas encore à l'oncle Henri.

« Je veux une action d'éclat! » disait-il.

Le jeudi matin, l'oncle ayant aperçu, dans le jardin, Madeleine, qui jouait toute seule au volant, lui cria gaiement :

« Donne-moi l'autre raquette, Madeleine; nous allons jouer ensemble. »

L'oncle était très maladroit; à chaque instant, le volant tombait à terre, et, à chaque fois, c'étaient de nouveaux éclats de rire. Pierre vint assister à ce spectacle.

Imprudemment il s'était placé près de la raquette menaçante, que son oncle envoyait dans toutes les directions; aussi, au bout de quelques instants, en reçut-il sur la main un coup violent.

« Je t'ai fait du mal! s'écria l'oncle désolé, en jetant la raquette loin de lui.

— Oui, mon oncle, beaucoup... et je ne pleure pas! » dit Pierre fièrement.

L'oncle caressait la petite main rougie; il se releva tout à coup et embrassa le brave petit Pierre; puis il l'enleva dans ses bras en criant :

« A la bonne heure! Bravo, mon garçon, voilà l'action d'éclat! nous partirons tous les deux après le déjeuner! »

Il se dirigea vers la maison; Madeleine suivait, et Pierre fit une entrée triomphale sur l'épaule de l'oncle Henri.

M. Bertin.

TABLE DES MATIÈRES

Paris. — Imp. Gauthier-Villars, 55, quai des Grands-Augustins.

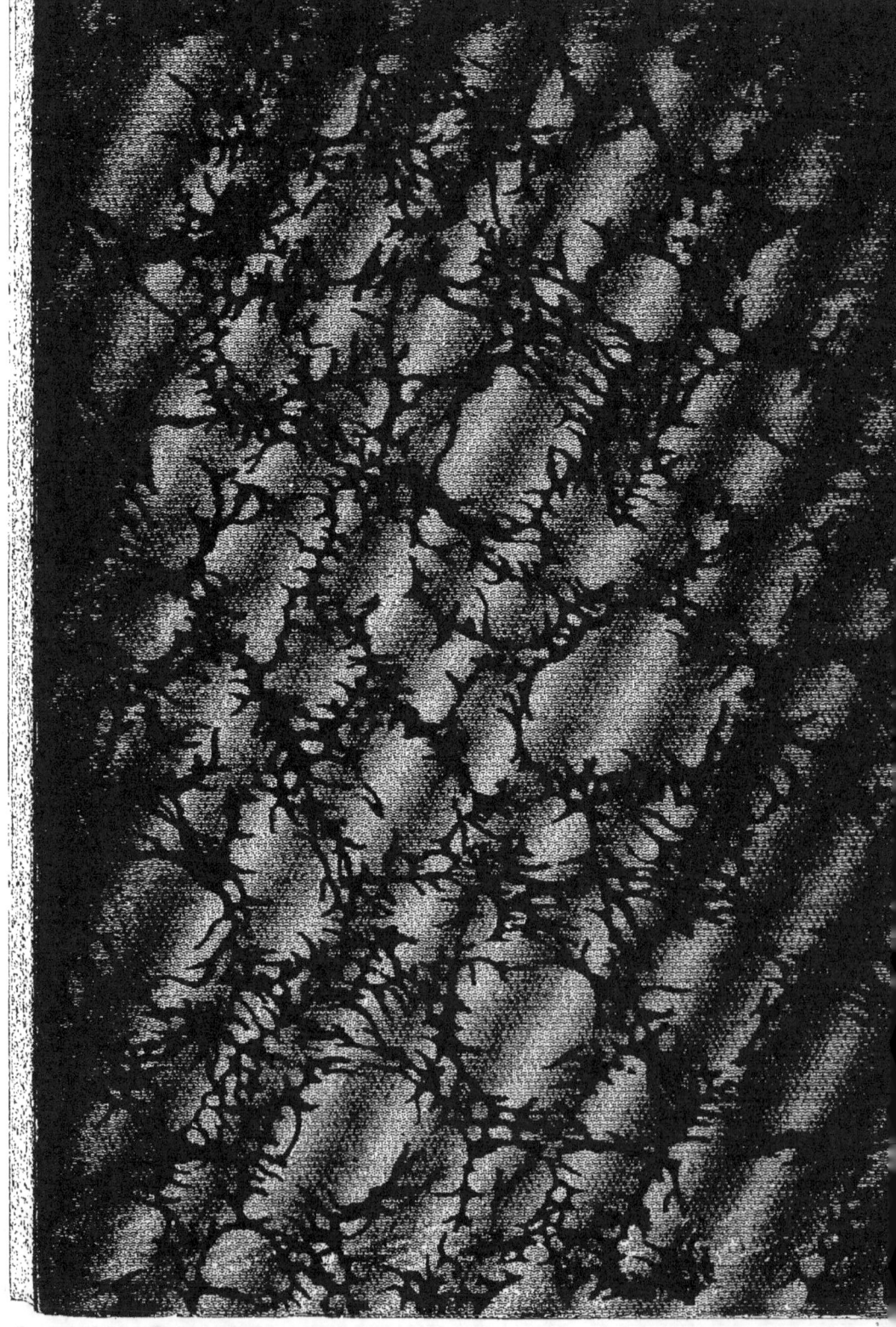

www.ingramcontent.com/pod-product-compliance
Lightning Source LLC
Chambersburg PA
CBHW070800280626
47162CB00016B/1567